Eddy Zack

Nacht über Valencia

Roman

Bordelle , Kneipen und Gefängnisse sind die Universitäten des Lebens. Ich habe dort mehrere akademische Grade erworben

Sämtliche Personen, Namen und Handlungen sind frei erfunden. Etwaige Ähnlichkeiten mit realen Personen entstanden rein zufällig und sind nicht beabsichtigt.

IMPRESSUM

books@detlev-crusius.com

http://detlev-crusius.com

3. Auflage (1)
ISBN: 978-1491276167

Kapitel 1 - Eddy Zack

Ich lernte Luca in einer Bar in Marseille kennen, in einer reichlich verrufenen Ecke unten am Hafen. Marseille ist nicht das, was man unter einer Touristenmetropole versteht, und in dieser Bar war ganz sicher noch nie ein Urlauber. Wenn von Hochburgen der Kriminalität die Rede ist, fällt sofort der Name dieser Stadt. Als Begründung hört man oft, es gäbe Stadtviertel, durch welche die *Flics* nur im Auto fahren würden. Das mag stimmen, liegt aber daran, dass sich die Gastwirte und Bordellbesitzer standhaft weigern, Schutzgelder an die Polizei zu bezahlen.

Ich war zum ersten Mal in Marseille, als das Standardauto der Polizei noch der Renault 4 war, wenigstens im Süden. Mein erstes Auto war auch ein R4, weil ich mir sagte, wenn das Vehikel für die französische Polizei gut genug ist, dann reicht es auch für mich. Der Wagen hatte eine nostalgische Revolverschaltung, die in Wahrheit eine Knüppelschaltung war. Eine Anlasserkurbel gehörte zur Standardausrüstung und, glauben Sie mir, die benötigte ich auch ziemlich oft. Trotz aller Unzulänglichkeiten war es das beste Auto, das ich je gefahren habe. Sie merken, ich bin ein unverbesserlicher Romantiker.

Ich saß also in der Hafenkneipe, mehr als nur leicht angetrunken, unzufrieden mit mir und der Welt. Mein Verleger hatte gerade mein neues Buch abgelehnt, obwohl ich es für ein Weltereignis hielt. Das sagte ich ihm auch. Er antwortete kühl, er hätte ganze Lagerhäuser voller Weltereignisse, die er alle einstampfen dürfe. Zu allem Überfluss hatte mir der Barkeeper gerade einen längeren Vortrag gehalten, wie die Nazis, die *Boches*, versucht hätten, dieses Viertel mit Dynamit dem Erdboden gleichzumachen. Der Mann war ein noch junger Algerier, der ganz sicher nicht wusste, was ein Nazi ist. Zugegeben - Deutsche sind gut beraten, nicht mit ihrer Landesfahne und einem fröhlichen Lied auf den Lippen durch die Straßen von Marseille zu laufen. Vielleicht auch noch im Gleichschritt und das Lied *Schwarzbraun ist die Haselnuss* dabei trällernd. Vor Jahren habe ich ein Fußballspiel erlebt, irgendein Bundesligaverein gegen *Olympique Marseille.* Die Deutschen schwenkten beim ersten Tor gegen Marseille schwarz-rot-goldene Papierfähnchen. Ich machte mich schnellstens davon, bevor die Stimmung explodierte.

Deutsche sollten nicht beleidigt sein, wenn die Südfranzosen sie als *Boches* bezeichnen. Die Nordfranzosen werden auch so genannt.

Ein Gast am anderen Ende der Bar hatte den Dialog mit dem Barkeeper mitbekommen. Er kam mit dem Glas in der Hand herüber und setzte sich neben mich.

»Ist es gestattet?«, fragte er höflich.

»Klar. Sofern du mir keinen Vortrag über Nazis halten willst.«

»Ich bin selbst halber Deutscher«, sagte er auf Deutsch.

»Und die andere Hälfte?«

»Italienisch. Ich lebe seit einigen Jahren hier. Ich bin Luca.« Er streckte mir die Hand entgegen.

»Ich bin Eddy.«

»Was treibst du hier?«, sagte Luca. »Wie ein Tourist siehst

du nicht aus.«

»In diesem Schuppen Touristen? Nein, ich bin auf Spurensuche. Ich will über die Stadt schreiben, einen Roman, mal sehen, was es wird.«

»Bist du Schriftsteller?«

So kamen wir ins Gespräch. Wir trafen uns dann öfter und bei der Geschichte, die er Stück für Stück erzählte, war ich bald überzeugt, dass sein Name nicht Luca war. Er hatte mir einen falschen Namen angegeben und das aus gutem Grund.

Ich fragte nach Einzelheiten, und als er wissen wollte, weshalb ich so interessiert sei, sagte ich: »Ich will deine Geschichte aufschreiben.«

Das fand er gut. »Ich empfinde es als Befreiung, wenn ich darüber reden kann, um so mehr, wenn ich weiß, dass meine Geschichte aufgeschrieben wird.«

Luca war auch Schriftsteller, das erzählte er mir erst beim dritten oder vierten Treffen.

»Warum schreibst du die Geschichte nicht selbst?«

»Das kann ich nicht. Ich habe nicht den nötigen Abstand. Ich schreibe Kolumnen für eine französische Zeitung, Kurzgeschichten für einen Verlag, das reicht mir.«

So kam es, dass ich die Geschichte von Luca, dem Alkoholiker und Liz, der Prostituierten aufschrieb. Es ist die Geschichte zweier Menschen, die lieber gemeinsam in den Abgrund stürzen wollten, als getrennt leben.

Kapitel 2 - Luca

1

Es sei ein russisches Fest mit überwiegend russischen Gästen, hatte Irina gesagt. Das bedeutete, es gab Schnaps bis zum Umkippen. Sie sprach es nicht aus, ließ es nur anklingen. Weil sie mich locken wollte. Die Aussicht auf Brandy oder Whiskey war für mich ein sehr überzeugendes Argument. Kaum jemand wusste das besser als Irina.

Sie hatte gegen Mittag mit mehreren voluminösen Plastiktüten die Wohnung verlassen. Sie müsste die Kostüme für die Folklore vorbereiten, hatte sie gesagt. Russische Folklore. Seit ich Irina kannte, schrumpfte meine Begeisterung für Russland von Tag zu Tag. Im Moment war sie nahe dem Gefrierpunkt.

»Komm nicht nach 21 Uhr«, hatte sie mir in dem typischen Tonfall ans Herz gelegt, den sie immer hervorkramte, wenn sie von mir etwas wollte. Ich war Dekoration wie die Kostüme, die sie mitgeschleppt hatte. Die Metro wurde wieder einmal bestreikt und ich verspätete mich. Das war nicht der einzige Grund für meine Verspätung. Ich *wollte* zu spät kommen.

Irina erwartete mich voll nervöser Spannung auf dem Bürgersteig, als ich gegen Halbzehn das Lokal erreichte.

»Wartest du auf mich?«

»Was glaubst du denn, wie lange ich hier schon stehe«, gab sie schnippisch zur Antwort. Wir gingen ins Lokal und sie zeigte auf eine Ecke an einem Tisch, wo ich sitzen sollte.

Ich hatte Glück, zwei meiner Tischnachbarn kannte ich - Emilio mit seiner russischen Frau Natascha. Ich setzte mich zu ihnen, und sie begrüßten mich so überschwänglich, als sei ich ein lang verschollener Verwandter. Ich hatte nicht in Erinnerung, dass wir so gut miteinander bekannt waren. Emilio redete auf Deutsch von rechts auf mich ein, links sprach Natascha Spanisch mit dem Mann gegenüber. Quer über den Tisch diskutierten lautstark zwei Männer auf Russisch. Obendrein nuschelte Emilio stark, ich verstand ihn kaum. Er hatte offenbar schon Einiges weggekippt. Von einer neuen Geschäftsidee erzählte er. Es war eine Idee von der Sorte, mit der schon Hunderte vor ihm pleite gegangen waren.

»Hört sich interessant an.« Er freute sich über meine Bemerkung.

Lena stand plötzlich hinter mir. Sie war Irinas beste Freundin und manchmal schien mir, sie war mehr als das.

»Was bist du für ein Sternzeichen?«, wollte sie wissen.

»Keine Ahnung. Januar. Ich glaube Wassermann.«

»Das chinesische Sternzeichen meine ich.«

Chinesisches Sternzeichen? Ich wusste nur, dass es vom Geburtsjahr abhing. Sie gab mir einen Zettel.

»Hier, such's dir heraus. Ich habe chinesische Horoskope.«

Wenn es dem lieben Frieden dient, dachte ich ergeben. Ich suchte eine Weile auf dem Blatt, bis ich es kapierte. Ich war ein Pferd, tröstlich. Frosch und Ochse waren auch auf dem Blatt angeführt, aber ich war ein Pferd. Etwas Edles, kein versoffener Ochsenfrosch.

Sie gab mir ein zweites Blatt. »Dein Horoskop«, sagte sie. Der Text war auf Spanisch. Im ersten Absatz stand etwas von Geschäft und Geld, in der Mitte von Liebe und Beziehung. Von Schnaps und Nutten stand nichts drauf.

»Ich schreibe dir meine Webadresse auf«, sagte Emilio.

»Die von deinem Geschäft?«

Vielleicht wollte Emilio auch nur Natascha beeindrucken. Wenn Männer nichts mehr in der Hose haben, entwickeln sie mancherlei irrwitzige Aktivitäten.

»Was willst du machen?«, fragte ich, obwohl er es mir gerade erklärt hatte. Ich hatte nicht zugehört.

»Reisebegleitung in Valencia. Bei Shopping dolmetschen, Kathedrale und Museen besichtigen, mit ihnen raus nach Albufera.«

Das ist ein Nationalpark südlich von Valencia. Weshalb musste man dort hin Begleitung haben und außerdem, was wollte man dort? Ein Salzwassersee mit vielen Flamingos. Ich sprach es nicht aus. Emilio war ein netter Kerl, tat keiner Fliege etwas. Warum sollte ich ihm die Illusionen rauben, die er sich mühsam zurechtgebogen hatte. Schließlich leben wir alle auf irgendeine Weise von Wunschvorstellungen. Wenn ich eine Nutte aufgable, dann ist ihr Gestöhne auch nur Theater. Deshalb bezahle ich auch vorher, damit nach dem Fick die Illusion möglichst lange erhalten bleibt.

»Das wird ein tolles Geschäft«, sagte Natascha von links.

»Ganz bestimmt. Eine großartige Idee ist das.«

Natascha redete intensiv mit dem Spanier gegenüber und Emilio verschwand aufs Klo. Ich drehte mich um, blickte suchend umher. Irina war nicht zu sehen. Hinten, neben der

Toilette, sah ich eine offene Tür und in dem Raum dahinter einen Garderobenständer mit Kostümen. Irina hatte die letzten zwei Wochen überwiegend an ihrer Nähmaschine verbracht. Ich stand auf, ging hinüber, wollte nur Hallo sagen. *Druschba* - Frieden. Zeit der Liebe. Wenn auch in letzter Zeit ohne Sex.

Ich streckte vorsichtig den Kopf durch die Tür, sah halb nackte Frauen umherspringen, Schlabberbrüste winkten mir zu. Ich ging lieber freiwillig, bevor man mich hinauswarf.

Natascha redete noch immer Spanisch mit dem Mann gegenüber und Emilio starrte geistesabwesend in sein Glas. Mir war auch nach Starren und ich ging zur Bar.

»Was willst du trinken«, fragte der Barkeeper.

»Was habt ihr?«

Er zeigte mit dem Daumen auf das Regal hinter sich und mit der anderen Hand unter die Theke. »Was du siehst. Ist alles im Preis mit drin. Wein habe ich im Fass. Willst du einen Rioja?«

»Gib mir einen Brandy.«

Er nickte und füllte ein Glas. Deutlich über dem Strich, trotzdem nur halb voll.

»Mach voll«, sagte ich. »Ist alles bezahlt, hast du gesagt.«

Widerwillig füllte er das Glas auf und schob es mir zu. Es war ein kleiner spanischer Schwenker, nicht so ein dekorativer französischer, wo ein halber Liter hineinpasst, den man auch als Blumenvase benutzen kann. Schmeckte gut. Brandy ist preiswert in Spanien, wenigstens der einheimische. Importe sind teuer, britische zum Beispiel.

Mit dem Glas in der Hand drehte ich mich zur Tanzfläche um und lehnte mich gegen den Tresen. Alle waren lustig, taten wenigstens so. Ich war es nicht, weshalb sollte ich so tun, als wäre ich es und spielte den Komiker? Mir reichte es, Dekoration zu sein. Vielleicht bildete ich mir das nur ein und ich war nicht einmal mehr witzig. Wenn man wie ich zu viel trinkt, ist man irgendwann nicht mehr komisch, sondern nur noch ein Säufer. Scheiß auf die Gründe. Jeder Alkoholiker hat seine ganz persönlichen Gründe und alle sind vernünftig, wenigstens für ihn selbst. Wie auch der treu sorgende Familienvater, wenn er ins Bordell geht, auch das hat vernünftige Gründe. Die Nutte gibt ihm das, was er zu Hause nicht bekommt, weil seine Frau beim Vögeln mit den Gedanken bei den bekackten Windeln und den Masern des Jüngsten ist. Die Nutte darf er schlagen, wenn ihm danach ist, sie bekommt dafür einen Zehner mehr. Wenn er seine Angetraute verprügelt, rennt sie zum Scheidungsrichter und das wird teuer. Teurer als der Zehner für die Nutte.

Ich habe feste Bindungen immer gescheut. Was brachte die geteilte Wohnung, das halbierte Konto und der gemeinsame Abwasch. Nichts. Dagegen bin ich oft über Monate immer wieder zu einer bestimmten Frau gegangen, ein oder zweimal die Woche, so wie ich Geld hatte. Auch eine Art von Bindung. Ohne Nutten, die für jeden Mann mit ein paar Kröten in der Tasche die Beine breitmachen, wäre unser Zusammenleben nicht so friedlich. Die Gerichte hätten viel mehr Probleme mit Totschlag unter Ehepartnern.

Die Tische waren eng zusammengerückt und die Stühle standen dicht nebeneinander. Es war unbequem, weil man andauernd den Nachbarn mit den Ellbogen anstieß oder seinen Ellbogen in die Rippen bekam, und wenn einer aus der hinteren Ecke pinkeln wollte, musste der halbe Tisch aufstehen. Da stand ich lieber an der Bar. Der Raum war mit Weihnachtsflitter geschmückt, besser, was vom katholischen Weihnachtsfest vor knapp zwei Wochen noch übrig geblieben war. Heute war der 7. Januar und es war eine überwiegend russische Veranstaltung, das orthodoxe Weihnachtsfest. Die lamettaverzierten Tannenzweige an der Wand und auch der zerfledderte Tannenbaum neben der Tanzfläche sahen reichlich mitgenommen aus. Kein Wunder bei zwei Weihnachtsfeiern so kurz hintereinander.

Die erste Gruppe kam auf die kleine Tanzfläche, vier Russinnen und Irina und Lena. Sie spielten einen Sketch auf Russisch. Es ging um *Väterchen Frost*, den russischen Winter. Alec kam aus der Garderobe, langer roter Mantel, rote Kapuze und Bart aus weißer Plastikwolle.

Mein Glas war leer. Ich drehte mich zur Bar und hielt dem Barkeeper das Glas hin. »Mach gleich voll«, sagte ich. »Dann müssen wir nicht so viel diskutieren.« Er füllte das Glas bis zum Rand. Wir verstanden uns prächtig.

Applaus.

Die erste Nummer war vorbei und die Akteure verschwanden in der Umkleidekabine. Halbnackend kam Lena auf die Tanzfläche, mimte so etwas wie Bauchtanz. Die lasziven Bewegungen mit den Hüften schaffte sie nicht. Sie hatte den Sex-Appeal des Garderobenständers, an dem gerade noch ihr sparsames Kostüm hing. Besonders die provozierend zuckenden Bewegungen mit dem Unterleib waren ihr sichtlich unangenehm. Sie wackelte stattdessen intensiv mit den Titten. Die Zuschauer johlten, applaudierten und ein paar lachten verstohlen.

Ladislav kam auf die Bühne. Er trug einen Turban, fläzte sich auf das Sofa an der Wand, und gab den Scheich oder Emir. Als Requisit hatten sie ihm eine Wasserpfeife gegeben und die qualmte auch. Vielleicht hatten sie ihm zur Feier des Tages ein Pfeifchen Hasch spendiert.

Lena hatte inzwischen ein knallrotes Gesicht. Nicht weil sie außer Atem war, sondern weil sie zur Bauchtänzerin nicht taugte und ihr das auch bewusst war. Dabei war sie hübsch, durfte sich durchaus halbnackend zeigen. Nur das Zucken im Unterleib, das hatte sie nicht drauf. Wenigstens nicht vor Publikum. Mit einem Mann im Bett benahm sie sich vermutlich anders.

Emilio winkte mir quer durch das Lokal zu, machte eine Handbewegung zum Mund. Das Essen wurde serviert. Das war auch dringend nötig, ich spürte den Brandy. In letzter Zeit vertrug ich das Zeug nicht mehr.

»Warum trinkst du so viel Schnaps«, sagte Irina ohne erkennbares Mitgefühl, als ich vor Kurzem die Badewanne vollkotzte.

»Weil es mir schmeckt und du bist nicht meine Mutter und verheiratet sind wir auch nicht mehr.«

So vertrieben wir uns die Zeit. Sie tat so, als wollte sie mich bemuttern, mir ging das auf die Nerven, und ich ging in mein Zimmer und setzte mich an den Computer.

»Lass mich in Ruhe, ich muss arbeiten«, und knallte die Tür zu. Meistens respektierte sie das und manchmal schaffte ich es auch tatsächlich, etwas Sinnvolles zu schreiben. Wir wohnten noch immer zusammen, obwohl wir geschieden waren. Russische Scheidungen sind sehr praktisch. Man geht zu einem Notar und erklärt, dass man geschieden werden will. Der protokolliert den Wunsch, das zuständige Amt knallt eine Apostille auf die Rückseite der Urkunde und das Papier schickt man an das russische Standesamt, wo man geheiratet hat. That's all. Ein Besuch beim Zahnarzt ist komplizierter.

Unsere Scheidung war auch deshalb recht angenehm, weil wir danach ziemlich lange wie besessen vögelten. Eine Zeit lang glaubte ich, Irina wollte etwas gut machen.

Ich ging zu Emilio. Ein Teller mit einem Stück Fisch und schrumpeligem Gemüse stand auf meinem Platz und ich nahm eine Gabel voll. Der Teller musste längere Zeit in der Küche gestanden haben, der Fisch war nicht mal lauwarm, die Küche war mit so vielen Gästen überfordert. Ich aß den kalten Fisch. Wenn ich jetzt nichts in den Magen bekam, überstand ich den Abend nicht.

Natascha versuchte sich von links auf Deutsch mit mir zu unterhalten, Emilio von rechts. Der Spanier gegenüber redete auf Spanisch dazwischen. Hinter mir redeten sie Russisch, nach dem Tonfall waren es Ukrainer. Ich grinste freundlich in die Runde, ohne zuzuhören.

»Hoffentlich haltet ihr bald alle die Fresse.« Das dachte ich nur, es war Weihnachten. Das Fest der Liebe.

Ich saß mit dem Rücken zur Tanzfläche, sah nicht viel von den russischen Sketchen, die Irina aus dem Internet kopiert hatte und als ihre eigenen ausgab.

Der guten Sitten wegen stieg ich zum Essen auf Rotwein um. Der Wein war im Preis mit drin und deshalb sauer. Hastig aß ich den Fisch, ich wollte zurück zu meinem neuen Freund, dem Barkeeper.

Emilio erzählte mir wieder von seinem neuen Geschäft. Eine Webseite habe er schon, erklärte er stolz. Das erzählte er mir heute Abend zum dritten oder fünften Mal. Die Leute meinen immer, heutzutage reiche es, eine Webseite anzulegen, dann könne man in aller Ruhe im Liegestuhl die Millionen auf sich zukommen lassen. Eine Firma hatte er auch angemeldet, jetzt musste er die Webseite nur noch mit den Reiseveranstaltern in Moskau, Berlin und Tokio verlinken und dann rannten ihm die Touristen die Bude ein. Emilio redete wie ein Vierzehnjähriger, dabei hatte er die Sechzig deutlich sichtbar überschritten.

Aus dem Lautsprecher tönte Tangomusik und ein mit viel Gel gelockter Spanier tanzte mit Lena Tango. Sie bewegte sich so steif, wie eben beim Bauchtanz. Alle applaudierten. Irina war an der Reihe mit dem ge-gelten Spanier zu tanzen, und mir ging ein Licht auf. Das musste der Tanzlehrer aus dem Kurs sein, wo sie jeden Montagabend mit Lena hinging.

Höflich applaudierte ich, als sie sich verneigten. Es war Weihnachten, das Fest der Liebe. Ich glaube, das sagte ich schon. Auf der Tanzfläche wurde jetzt allgemein getanzt, und Irina steuerte auf mich zu.

»Tanzt du mit mir?«

»Mach nur, ich habe keine Lust«, sagte ich.

Sie nickte, hatte wohl nichts anderes erwartet und ging

zurück zu dem Spanier. Sie tuschelten.

Ich hatte das Theater gründlich satt, stand auf und ging quer über die Tanzfläche zur Tür. Kurz vor dem Ausgang holte sie mich ein. »Wohin gehst du?«

»Weihnachten feiern.«

Sie sagte, ein paar Leute hätten sie gefragt, an welchem Roman ich gerade schreiben würde. »Mein Mann schreibt über Russland«, hatte sie allen erzählt. Von mir aus - wenn es gut ist für ihr Ego.

»Warum lässt du mich nicht gehen? Ich war hier, deine Freundinnen haben mich gesehen und jetzt gehe ich.«

»Was soll ich den anderen sagen?«

Ich musste grinsen. Ihre Freundinnen wussten vermutlich nichts von unserer Scheidung. Das Ausländeramt sicher auch nicht. Lena würde es wissen, die Zwei waren sehr vertraut miteinander. Irina übernachtete oft bei ihr.

»Sag doch einfach, dass ich keine Lust habe, Kulisse zu spielen.«

Irinas Deutsch war lückenhaft. »Was ist das - Kulisse?«

Ich deutete auf die Tanzfläche, wo die grüne Klobürste aus Plastik stand. »Der schäbige Tannenbaum, das ist eine Kulisse.«

»Wo willst du wirklich hin?«

»Ich suche mir eine Nutte und feier Weihnachten.«

»Du bist ein schäbiger Scheißkerl«, sagte sie auf Russisch. Mein Russisch ist nicht sehr gut, aber den Satz verstand ich. Ich hatte ihn schon oft gehört.

2

Vor dem Lokal standen ein paar Russen und rauchten. Ich blickte auf die Uhr; Mitternacht war vorüber. Wenn ich von hier zu Fuß nach Hause ging, kam ich an zu vielen Kneipen vorbei und blieb garantiert irgendwo hängen. Wie vor ein paar Tagen. Ich war auf einer Sitzbank an der Wand, verdeckt von hochgestellten Stühlen umgekippt. Am nächsten Morgen weckten mich die Putzfrauen mit dem Geklapper ihrer Eimer. Sie bekamen einen gewaltigen Schrecken, als ich noch mit Schnaps halb zugeschüttet, hinter den zusammengerückten Tischen und Stühlen hochkam. Eine schrie hysterisch »Policia« und es kostete mich einige Überredungskunst, mir stattdessen einen Kaffee zu kochen. Ein paar Croissants fand sie dann auch noch. Die Dinger sahen aus, wie direkt aus dem Abfallkübel gefischt. In den nüchternen Phasen hatte ich gelegentlich das ungute Gefühl, mich kaputt zu saufen. Die Phasen waren zum Glück sehr kurz.

Ich winkte einem Taxi. »Campanar la Fe.«

Das ist eine Metro-Station in der Nähe der *Avenida Burjassot*. Wenn ich von dort nach Hause ging, kam ich auch an Kneipen vorbei, aber nicht an so vielen, dass ich es nicht bis nach Hause schaffte. Wenn ich im Lokal wegsackte oder bei einer Nutte landete, ging es ja noch. Ein paar Mal hatte mich die Polizei aufgegriffen und beim letzten Mal, sechs Monate war das jetzt her, kam es zu einer *erkennungsdienstlichen Erfassung,* wie es im Behördenjargon heißt. Fingerabdrücke, Fotos, Speichel für eine DNA-Analyse, das komplette Programm.

Der Taxifahrer war ein Schwarzer, und das brachte mich auf einen Gedanken. An der *Campanar* ließ ich ihn weiterfahren bis zu der Kreuzung, wo die *Avenida Burjassot* anfängt. Langsam ging ich die Straße entlang und schon von Weitem sah ich das *Chéz Georgie*. Vor dem Eingang standen ein paar Schwarze, sahen mir misstrauisch entgegen. Fremdenhass habe ich in Spanien nie bemerkt, aber Weiß und Schwarz gehen sich trotzdem aus dem Weg. Im *Chéz Georgie* verkehrten nur Schwarze. Die meisten kamen aus Westafrika, Senegal, Ghana oder Spanisch-Sahara. Man erkennt es an der Hautfarbe. Die aus dem Senegal sind schwarz wie Tinte, die anderen etwas heller.

Hinter dem Eingang standen ein paar lang aufgeschossene Kerle, typisch für den Senegal. Im Lokal war es totenstill, als ich eintrat, und nur widerwillig machten sie mir Platz. Ich ließ mich nicht beirren und ging zum Tresen. Der Barkeeper sah mich fragend an.

»Brandy«, sagte ich. »Doppelten.«

Er hörte sofort, dass ich kein Spanier war. Zudem hätte ein Spanier den Laden auch nie betreten. Langsam setzten die Gespräche wieder ein. Ein Schwarzer kam zu mir an den Tresen. »Where are you from?«, fragte er.

»Ich bin Deutscher«, sagte ich auf Spanisch. Er wechselte sofort ins Spanische, das sprach er deutlich besser als Englisch. Es folgten die üblichen Stereotypen - Deutsche sind toll, Deutschland ist das beste Land der Welt. Schwarze sind zumeist höfliche Leute; Deutsche begehen oft den Irrtum, ihre Freundlichkeiten für bare Münze zu nehmen.

»Du hast recht«, sagte ich. »Deutschland ist großartig. So

großartig, dass ich schon lange nicht mehr dort war. Vor Jahren war ich in Dakar; eine tolle Stadt.«

Er blühte förmlich auf und ab sofort war ich sein einziger und allerbester Freund, wenigstens für diesen Abend. An Dakar kann ich mich noch gut erinnern. Eine tolle Stadt, das ist nicht gelogen, aber ein gefährliches Pflaster. Abends sind die Straßen absolutes Tabu für jeden Weißen. Ich war vier- oder fünfmal dort. Beim ersten Mal brachte ich eine Maske aus Ebenholz mit und beim zweiten oder dritten Mal einen Tripper. Die Maske hatte ich gegen ein Stück Weißbrot getauscht. Die Schwarzen waren versessen auf Weißbrot. Ich wusste das und hatte bei unserem Koch mehrere Weißbrote geschnorrt. Damals war ich Matrose auf einem Frachtschiff mit Heimathafen Monrovia, nicht weit von Dakar, etwa zwei Tagesreisen südlich. Die Schwarze, die mir den Tripper anhängte, war noch jung, siebzehn, achtzehn höchstens. Ihre Augen leuchteten, als ich ihr das Brot zeigte, aber Geld wollte sie außerdem. Cleveres Mädchen, geschäftstüchtig für ihr Alter. Sie war hübsch, sehr kurze flaumige Haare, schmales Gesicht, dicke, knallrot geschminkte Lippen. Für den Lippenstift brauchte sie Geld, den bekam sie nicht für Weißbrot. Sie wollte sich mit mir für eine schnelle Nummer zwischen die Büsche am Wegrand legen und dann mit dem Brot sofort nach Hause rennen. Aber so jung war ich nicht mehr, dass ich mich mit einer Frau auf die nackte Erde legte. Sie hatte Angst, ich würde sie vögeln und ihr das Brot nicht geben. Ich gab ihr vorher das Brot und auch Geld und sie willigte ein, in eine Hafenkneipe zu gehen, wo man stundenweise Zimmer mieten konnte.

Auf der Matratze war sie eine Künstlerin. Alles an ihr war irgendwie beweglich, wie eine Gliederpuppe, deren Einzelteile nur lose zusammengesetzt waren. Sie nahm sich Zeit, Ficken schien ihr großen Spaß zu machen. Oder sie war eine begnadete Schauspielerin, von ihrer Mutter, der älteren Schwester, ihrem Bruder oder Vater gut angelernt. Luden nennen das in ihrem Jargon *Zureiten.*

Unser Schiff legte einige Stunden später ab. Schade, ich wäre gerne noch mal zu der Kleinen gegangen. Nur das mit dem Tripper, der sich dann bei mir meldete, das war nicht so gut. Wo die Maske geblieben ist, weiß ich nicht. Sie ist bei einem meiner vielen ungeplanten Umzüge an einer Wand hängen geblieben. Die Gonokokken habe ich zwei Wochen später zusammen mit mehreren Ladungen Penicillin in den Atlantik gepinkelt.

Mein Glas war leer und ich deutete mit dem Finger darauf. »Du auch?», fragte ich den langen Schwarzen.

Er nickte. »Bier bitte.«

»Wie heißt du?«

»Jomo. Wie Jomo Kenyatta.« Er grinste.

Meine Augen hatten sich an das schwache Licht der zwei Neonröhren an der hohen Decke gewöhnt. Die Schwarzen waren in der schummerigen Beleuchtung nur schemenhaft zu erkennen. Wenn sie lachten, sah ich in dem bläulichen Licht nur ihre weißen Zähne und die Augen. Die schwarzen Gesichter lösten sich in der Dunkelheit auf. Manche hatten weiße Hemden an, und die weißen Kragen, Zähne und Augen schwebten wie Zombies in der Dunkelheit.

In der Ecke saßen vier Frauen, schmale Gesichter, hohe

Wangenknochen, krause oder künstlich geglättete Haare, dicker Goldschmuck baumelte von ihren Ohren. Neugierig sahen sie zu mir herüber. Eine stand auf und kam mit provozierend wiegenden Hüften auf mich zu. Sie trug einen grellroten kurzen Lackrock, kaum mehr als ein Gürtel, eine kanariengelbe weite Bluse und High Heels in der Farbe ihres Rocks. Sie drängte sich zwischen Jomo und mich, rieb dabei wie zufällig ihre Hüfte an meinem Unterleib und redete mit meinem besten Freund, der Deutschland so toll fand. Ich verstand kein Wort, obwohl mein Französisch nicht schlecht ist. Französisch ist im Senegal Amtssprache, aber es ist ein verkürztes Französisch mit einem eigentümlichen Singsang. Die Frauen zwitschern und gurren wie die vielen farbenprächtigen Vögel in den Palmen. Wie die Kleine damals in Dakar, die mir den Tripper anhängte.

»Bestellst du mir *une Bière*?«, fragte sie.

Ich nickte. »Gib *Mademoiselle* ein Bier«, sagte ich zu dem Schwarzen hinter dem Tresen und hielt ihm auch mein Glas hin. Sie kicherte und wiederholte spöttisch: *»Mademoiselle.«*

Sie nahm die Flasche ohne Glas, hielt sie mir entgegen.

»Santé«, sagte sie. »Sur la vie, sur l'amour.«

Ihr mit französischen Brocken gewürztes Spanisch und ihr gurrender Akzent krochen mir durch die Ohren und das Rückgrat direkt in den Schwanz.

»Ich bin Liz«, sagte sie.

»Ich bin Luca.«

Schwarze Frauen sind sehr selbstbewusst, das beobachtete ich immer wieder, wenn ich abends durch Valencia wanderte. Zum Wochenende kramten sie ihre heimatliche

Tracht aus dem Schrank und stolzierten wie Paradiesvögel durch die Altstadt. Am meisten sprangen die ausladenden Kopfbedeckungen ins Auge und die bunten Schleifen auf dem Kopf. Die Männer trugen oft steife Anzüge und grell geblümte Krawatten.

»Willst du sie ficken?«, sagte Jomo.

Liz fiel mit einem Redeschwall über ihn her und grinsend hob er die Arme vor das Gesicht. Sie sprach *Wolof*, eine Eingeborenensprache; ich erkannte es am Klang.

»Ich kann für mich selbst sprechen«, sagte sie auf Französisch zu mir.

»Für Bier?«, fragte ich.

Sie gab mir einen leichten Schubs vor die Brust und lachte selbstbewusst. »Für Geld.«

»Ich habe nur noch einen Zwanziger.«

»Das reicht. Du trinkst noch einen Brandy und ich ein Bier und dann gehen wir rauf.«

»Hier im Haus?«

»Ja, ich wohne oben.«

Ich sah sie zweifelnd an. »Keine Angst, ich habe die Seuche nicht.«

Sie meinte AIDS. In Westafrika sagt man Seuche.

»Noch ein Bier für *Mademoiselle* und für mich einen Brandy«, sagte ich zum Barkeeper.

Liz legte mir den Arm um die Schultern, drängte sich eng an mich und einen Moment glaubte ich, sie fasste mir hier am Tresen schon an die Eier.

»Ich bin keine *Mademoiselle*. Zu Hause in Dakar bin ich

eine *Femme*, und hier in Spanien eine *Mujer.*«

»*Femme fatal*«, sagte ich und sie kicherte belustigt.

Ihr Duft war betörend, wie Zimt. Passend zur Hautfarbe. Sie war schwarz wie die Nacht. Dazu hatte sie grellrot geschminkte dicke Lippen, große, katzenhaft schräge Augen, blau geschminkte Augenlieder, glatte Haut und ein schmales, ebenmäßiges Gesicht. Schlank, wie sie war, hätten sich die Modelagenturen um sie reißen müssen. Ihre Haare hatte sie straff nach hinten gekämmt und zu einem kleinen Knoten geschlungen. Wie Spanierinnen, wenn sie zum Wochenende in ihren traditionellen Kleidern durch die Stadt flanierten.

Sie trank ihr Bier aus und ich kippte den Brandy hinunter.

»*L'amour nous attend*«, sagte sie und ging vor mir durch das Lokal auf eine schmale Treppe am Ende des Lokals zu.

Es war ein winziges Zimmer, nur ein schmales Bett, schmaler Schrank, ein Spiegel, Tisch, ein Stuhl. An der Wand hing ein Poster, Palmen und Meeresstrand, die Küste des Senegals. Am Kopfende des Bettes hing ein Kruzifix. Das Zimmer war kleiner, als die Gefängniszelle, in der ich vor Jahren einige Zeit verbringen musste.

»Leg dich aufs Bett, alles andere mache ich«, sagte sie. Sie blickte zum Kruzifix über dem Bett, legte die Hände zusammen, senkte den Kopf, schloss die Augen, murmelte etwas und bekreuzigte sich. Ich legte mich auf das Bett und sie löschte das Licht. Durch das Fenster drang schwaches, gelbliches Licht von den Straßenlaternen herein. Es raschelte und sie stand in einem weißen BH und einem weißen Slip neben dem Bett. Der Slip war winzig, nur eine Andeutung, umspannte eng ihre Schamlippen. Sich räckelnd hob sie die Arme hoch zum Rücken und der BH fiel zu Boden. Sie bückte sich und mit einer lasziven Bewegung streifte sie das kleine Nichts ab. Lang, schmal und schwarz stand sie neben dem Bett. Wie die Statue aus Ebenholz, die ich vor Jahren aus Mombasa mitgebracht habe.

Sie setzte sich auf die Bettkante. »Du hast dich nicht ausgezogen. Machst du das nicht oft?«

»Nicht oft, zu selten.«

»Wie alt bist du?«

»Zu alt, aber jung genug.«

»Wenn es länger als ein Jahr her ist, bis du so etwas wie eine Jungfrau.« Sie lachte kehlig. »Und ich bin eine *Mademoiselle*.«

»Ein Jahr ist es nicht her.«

»Bei mir auch nicht«, sagte sie. Wieder das kehlige Lachen, eine Mischung aus schnurrender Katze und Papagei. Ihr Gurren ließ meinen Schwanz hart werden wie ein Stück Palmholz.

»Wie alt bist du?«

»Zu jung, aber alt genug«, wiederholte sie meinen Spruch, nur umgedreht.

»Musst nichts machen. Heute Abend mache ich alles für dich, *mon ami*.«

Sie zog mich aus, beugte sich über mich, rieb ihre Nase an meiner, berührte sie mit ihren Lippen. Langsam glitten ihre Lippen über meinen Hals, meine Brust, meinen Bauch bis zu meinem Schwanz. Ich streichelte über ihre Hüften und die kleinen Brüste. Sie hatte harte, steil aufragende Knospen. Weich und trocken fühlte sich ihre Haut an, wie Samt. Wonach riecht sie? Nach Zimt, aber da ist noch etwas. Nelken. Zimt und Nelken.

Langsam tastete ich mich an ihren Oberschenkeln entlang, fand ihre Möse. Dick, wulstig, feucht. Vorsichtig bewegte ich meine Hand hin und her. Mein Schwanz vibrierte, zuckte. Ich wollte mich aufrichten, konnte es nicht erwarten, aber sie drückte mich zurück auf das Bett.

»Bleib liegen. Heute mache ich alles.« Ihr Gurren machte mich verrückt.

Sie kniete über mir, setzte sich langsam auf mich und ich drang in sie ein. Ich wollte mich aufrichten, aber sie stützte sich auf meine Schultern. Langsam glitt sie hin und her, schneller, heftiger und dann war es vorbei.

»Du bist wirklich eine Jungfrau.« Sie klang belustigt. »Jetzt hast du noch eine halbe Stunde gut.«

»Dann leg dich zu mir. Ich will dich fühlen und schmecken.«

Sie legte sich halb auf mich und ich spürte ihre harten Knospen, suchte sie mit der Zunge. Sie schlängelte sich nach oben, bog mir fordernd ihre Brüste entgegen. Meine Hand glitt zwischen ihre Oberschenkel und ich steckte langsam zwei Finger in ihre Möse, ließ sie vorsichtig kreisen.

»C'est bonne«, murmelte sie heiser. Ich spielte mit meiner Zunge an ihren Knospen und sie wurden härter, und dann presste sie heftig die Luft aus ihren Lungen und ein Zittern ging durch ihren Körper.

3

Sie zuckte heftig. Wie ein junger Hund, der im Traum einem Hasen nachjagt. Wir waren beide eingeschlafen.

»Wie spät ist es?«

»Es muss so vier Uhr sein«, sagte sie.

»Meine Uhr liegt irgendwo auf dem Boden.«

»Ist doch egal, wie spät es ist. Oder wartet jemand auf dich?«

»Ich glaube nicht.«

»Dann trink noch einen Kaffee mit mir.«

Auf dem Tisch stand ein Elektrokocher, Nescafé, eine Zuckerdose und Espressotassen.

»Milch habe ich nicht«, sagte sie.

»Aus dem Alter bin ich raus.«

Wir tranken Kaffee und sie goss noch einmal nach.

»Kommst du wieder?«, fragte sie.

»Ich mag deinen Geruch.«

Sie lachte. »Nur deshalb?«

»Deine Stimme mag ich auch.«

Sie presste ihre Hände vor das Gesicht und prustete schallendes Gelächter durch die Finger.

Als ich nach Hause kam, war Irina nicht da. Sicher war sie letzte Nacht an ihrem Tangotänzer kleben geblieben. Oder sie war bei Lena. Ich war schon seit geraumer Zeit nicht mehr sicher, wo die sexuellen Vorlieben der beiden lagen.

Kapitel 3 - Irina

1

Ich hing in einer Art Wachtraum. Unter mir lag eine zartgliedrige schwarze Frau, ich leckte ihre Brustwarzen und steckte ihr zwei Finger in die Möse, und sie zuckte und stöhnte und es duftete herrlich nach Zimt und Nelken. Ein schöner Traum. Unangenehm war der Ständer, mit dem ich ins Diesseits zurückkehrte, ohne zu wissen, wohin damit. Letzte Nacht hätte ich mehr damit anfangen können. Wie sagte Liz? Du bist eine Jungfrau. Scheiße.

Es wurde Nachmittag und Irina tauchte nicht auf. Was machte ich mir Gedanken, wir waren beide erwachsen und ledig. Es wurde Abend - keine Irina. Der Tangotänzer hatte es ihr offenbar angetan.

Gegen Mitternacht rief ich Lena an. Heftig atmend und sehr unwirsch sagte sie nur: »Si?«

Offenbar störte ich sie beim Vögeln.

»Weißt du, wo Irina steckt?«

»Keine Ahnung. Sag mir Morgen Bescheid, wenn sie nicht auftauchen sollte.« Die Verbindung brach ab.

Am nächsten Morgen um 8 Uhr war Irina noch immer nicht zu Hause. Ich rief Lena erneut an, aber sie meldete sich nicht. Etwas ratlos lief ich in der Wohnung umher, öffnete dann das Fenster zur Straße. Ein Polizeiwagen bog um die Ecke und hielt vor der Haustür. Zwei Männer in Zivil stiegen aus und kamen zur Haustür. Unter dem Türvorsprung konnte ich sie aus dem 4. Stock nicht sehen. Die

Türglocke schrillte unangenehm ein heiseres Schnarren.

Sie mussten die Treppe heraufgerannt sein, denn nur Sekunden später hämmerten Fäuste an der Wohnungstür.

Ich öffnete. Zwei Männer, einer hielt mir einen Ausweis dicht vor das Gesicht.

»Sie sind festgenommen. Kommen Sie mit.«

Das passierte mir nicht das erste Mal, aber noch nie so kurz und bündig.

Das Polizeirevier war nicht weit entfernt, aber wir fuhren in die Stadt zu den *Corts Valencianas*. Mir wurde unbehaglich und ich hatte das dringende Bedürfnis nach einem Anwalt.

Neben dem Gerichtsgebäude bogen wir in eine Seitenstraße ab und fuhren dann rechts durch ein schmales Tor, so schmal, dass der Wagen gerade hindurchpasste.

In einem Vorraum musste ich die Taschen leeren, Uhr ablegen, Schuhe ausziehen. Das sind die international üblichen Gepflogenheiten, die DIN-Norm für Justiz und Gefängnisse. Eine Frau in Uniform untersuchte meine Schuhe und ich durfte sie wieder anziehen. Ich wollte wissen, was gegen mich vorläge, bekam keine Antwort. Auch das ist auf der ganzen Welt so. Amnesty International soll jetzt bloß nicht aufschreien und behaupten, in den Hochburgen der westlichen Demokratien sei das anders. Auch der heftige Stoß in den Rücken, der mich im Sturzflug in eine Zelle beförderte, entsprach dem Standard.

Drei Männer saßen auf den Bänken an der Wand. Sie blickten kaum hoch, als ich vor ihnen der Länge nach auf den Boden knallte. Ich rappelte mich auf und suchte mir einen freien Platz auf einer Bank. Ich wusste, es würde dauern. *Weichkochen* nennt man das, und das bedeutete, sie beschuldigten mich einer handfesten Straftat.

Ich sah mich in der Zelle um. Der Toilettentopf in der Ecke stank bestialisch, an der Wand daneben hing ein schmutzig braun verrostetes Waschbecken. An der Wand hoch oben und mir direkt gegenüber sah ich ein vergittertes Fenster, schmal wie eine Schießscharte. Die Gitter davor hätte man sich sparen können, höchstens ein Kleinkind passte da durch. Der Schlitz ließ nur wenig Tageslicht in die Zelle.

Die Männer waren so um die 30 bis 40 Jahre alt, ein Schwarzer und zwei Weiße mit deutlich erkennbarem Indio-Einschlag; Zentralamerika vermutlich. Niemand sprach mich an, registrierte mich auch nur. Alle starrten regungslos auf einen imaginären Punkt an der grauen Wand gegenüber.

Ich war noch müde von der vergangenen Nacht, lehnte mich zurück und versuchte an die Wand gelehnt zu schlafen. Das klappte nicht, und weil Platz genug war, legte ich mich mit angezogenen Knien auf die Bank.

Von meinem eigenen Schnarchen geweckt schreckte ich hoch; ich hatte fest geschlafen. Zu essen gab es nichts. Ich trank Wasser aus der Leitung - zum Teufel mit den Keimen - pinkelte in den Topf. Scheißen sollte man in solchen Etablissements tunlichst im Stehen.

Die Tür blieb den Tag über verschlossen. Nur gelegentlich öffnete sich quietschend der schmale Sehschlitz und ich sah ein Gesicht mit Schnurrbart.

Das durch das schmale Fenster hereindringende Licht ließ nach, es ging auf den Abend. Ich schätzte es auf etwa 18

Uhr. Meine Uhr hatte man mir abgenommen.

So gegen 19 Uhr öffnete ein Beamter die Tür und streckte den Kopf herein. Er winkte mir und ich folgte ihm hinaus auf den Flur. Ich musste mich umdrehen und bekam Handschellen und Fußfesseln verpasst, mit denen ich nur humpeln konnte. Zwei Beamte nahmen mich rechts und links am Ellbogen und mühsam schlurfte ich in Trippelschritten zwischen ihnen durch lange dunkle Gänge und eine Treppe hinauf. Sie öffneten eine Tür und bedeuteten mir, mich an den Tisch mitten im Raum zu setzen.

Nach einigen Minuten kam ein Mann herein und setzte sich mir gegenüber. Er legte einen Aktenordner auf den Tisch.

»Ich bin Kommissar Antonio Garcia«, sagte er. Nach dem langen Tag der Stille klang seine Stimme unerwartet laut. Er blätterte in dem Ordner, hob den Blick, sah mich an, las weiter in seinen Papieren, blätterte, sah mich an, sagte nichts. Das ist die *Schweigetaktik*. Jeder Polizist lernt das in der ersten Lehrgangswoche. Die meisten Häftlinge macht es unglaublich nervös, einem Polizisten gegenüberzusitzen, der nicht spricht. Nicht wenige Geständnisse werden abgelegt, bevor auch nur eine Frage gestellt wurde.

Der Kommissar trug Jeans und ein buntes, offenes Hemd und halbhohe Stiefel. Sein schwarzes, kurz geschnittenes Haar war grau durchzogen, Mitte 40 mochte er sein. Ziemlich groß, so auf einsachtzig schätzte ich ihn. Er hatte keinen Drei-Tage, sondern einen Zwei-Wochen Bart. Der Ehering signalisierte mir, dass das Verhör nicht lange dauern würde, seine Familie wartete.

»Sie werden beschuldigt, Ihre Frau getötet zu haben«, sagte er und blickte mir starr in die Augen.

Ich zuckte zusammen. »Sprechen Sie von Irina?«

Er antwortete nicht, blätterte nur in den Papieren. »Ich stelle hier Fragen und Sie antworten«, sagte er dann ruhig. Mit dem Mann spaßte man nicht.

»Wo waren Sie gestern ab Mitternacht bis etwa 5 Uhr heute Morgen?«

»Ich will mit einem Anwalt sprechen«, gab ich zur Antwort.

»Wenn Sie das noch einmal fordern, werte ich das als Geständnis und Sie werden sehr lange bei uns bleiben.«

Mit oder ohne Anwalt werde ich hier lange bleiben, dachte ich und lehnte mich fatalistisch zurück.

»Ich war kurz nach 21 Uhr in dem Lokal *Ar Collosseo* auf der *Avenida Manuel Candela*. Die Hausnummer weiß ich nicht, ziemlich am Anfang der Avenida, Nummer 30 etwa. Ich habe dort gegessen, getrunken, mit Irina geredet, nicht sehr viel, sie war beschäftigt. Kurz nach Mitternacht habe ich mich von Irina verabschiedet und bin mit einem Taxi Richtung *Campanar la Fe* gefahren. Erst wollte ich dort aussteigen, habe mich dann bis zum Anfang der Burjassot fahren lassen, bin von dort in Richtung Wohnung gegangen. Irina habe ich nach Mitternacht nicht mehr gesehen. Als ich ging, lebte sie noch.«

»Angesichts der Tatsache, dass Ihre Frau ermordet wurde, sind Sie bemerkenswert gefasst.«

»Sie ist nicht mehr meine Frau, wir wurden vor über einem Jahr geschieden.«

Er raschelte in seinen Papieren. »Hier steht, Sie sind verheiratet.«

Ich bemühte mich, ruhig zu bleiben. »Stimmt nicht. Wir sind geschieden, wohnen nur zusammen. Das ist eine Frage der Zweckmäßigkeit, mehr nicht.«

»Das bedeutet, für die Zeit ab Mitternacht haben Sie kein Alibi.« Er redete im Tonfall eines Richters, der gerade das Urteil verkündet.

Angestrengt überlegte ich. Komme ich hier alleine raus, oder muss ich Liz mit hineinziehen? Muss ich wohl. Sie ist mein Alibi, auch wenn sie eine Nutte ist.

»Ich bin auf dem Weg zur Wohnung noch in ein Lokal gegangen. Ich weiß den Namen nicht. Das ist auf der Burjassot, kurz hinter Beniferi. In dem Lokal verkehren nur Schwarze, Senegal, Ghana, aus der Ecke. Dort habe ich etwas getrunken und bin mit einer Frau auf ihr Zimmer gegangen.«

»Wie heißt die Frau?«

»Liz. Sie verkehrt in dem Lokal und wohnt auch dort. Jedenfalls waren wir in einem Zimmer im ersten Stock.«

Der Kommissar lehnte sich zurück, verschränkte die Arme hinter dem Kopf und sah mich nachdenklich an. Ich sah, wie es in ihm rumorte. Ihm gefiel meine Antwort nicht, sie passte nicht in sein Konzept. Jetzt musste er weiter nach einem Mörder suchen.

»Wer ist diese Liz, kennen Sie sie länger?«

»Ich habe sie gestern Abend kennengelernt.«

»Ist sie eine *Puta*, haben Sie sie bezahlt?«

Verdammt. Sagte ich jetzt ja, war sie eine Hure und taugte als Alibi nichts. Sagte ich Nein und sie war registriert, hatte ich gelogen und noch mehr Probleme am Hals. War Liz eine Illegale, warf man sie aus Spanien raus und sie hatte ein sehr dickes Problem.

»Ich hatte noch einen Zwanziger. Davon habe ich das Bier und den Schnaps bezahlt, den Rest habe ich ihr gegeben. Fünfzehn Euro können es gewesen sein, eher weniger. Ich weiß nicht, wie viel der Barkeeper für das Bier und den Schnaps berechnet hat.«

»Na schön. Wir werden das überprüfen, und solange die Prüfung nicht abgeschlossen ist, bleiben Sie in Haft.«

»Wie lange wird das dauern?«

»Das hängt von dieser Liz ab. Frauen ihrer Sorte sind nicht sehr kooperativ, wenn wir auftauchen. Vielleicht ist sie ja auch nicht mehr da. Vielleicht haben Sie gelogen und Liz nur erfunden. Mehrere Tage vermutlich.«

»Sagen Sie mir noch, was mit Irina geschehen ist? Wie ist sie umgekommen?«

»Wollen Sie die freundliche Version, oder die unfreundliche?«

»Die Wahrheit.«

»Ihr wurde der Kehlkopf eingedrückt. Der Mann im Bett neben ihr wurde mit einer Drahtschlinge stranguliert, aber so gründlich, dass der Mörder ihm mit der Schlinge den Kopf abgetrennt hat. Wir konnten den Kopf anfangs nicht finden. Glücklicherweise rutschte einer der Beamten in der Blutlache aus und ihm wurde schlecht. Als er den Klodeckel anhob und kotzen wollte, fand er den Kopf im Becken. Der

Tatort sah nach der Tat eines gehörnten Ehemannes aus, besser gesagt, für mich sieht er immer noch so aus.«

»Wir sind nicht mehr verheiratet.«

»Das sagten Sie bereits. So was passiert immer dann, wenn man besonders schlau sein will.«

»Haben Sie noch weitere Verdächtige?«

Ich hatte nicht mit einer Antwort gerechnet, war überrascht, als der Kommissar sagte: »Der Tote war bisexuell, er lebte mit einem Mann zusammen. Den suchen wir auch. Sie bleiben trotzdem hier. Ich lasse Sie jetzt in eine andere Zelle bringen.«

Ich hatte Beine wie aus Gummi, als ich aufstand. Verdammte Scheiße. Irina und ich gingen schon seit Längerem getrennte Wege und seit einem Jahr waren wir geschieden. Wir waren nie ein Ehepaar im üblichen Sinn. Wir hatten geheiratet, weil sie unbedingt eine *Tarjeta Residencia* wollte und die bekommt eine Russin am schnellsten mit der Heiratsurkunde eines EU-Bürgers.

»Lass uns heiraten«, hatte sie gesagt. »Ich koche ganz brauchbar. Ich halte die Wohnung sauber und vögeln können wir, so oft du willst. Du bist Schriftsteller, hast viel Zeit und soweit ich weiß im Moment nichts Besseres vor.«

Das stimmte. Mal eine Nutte, oder was sich sonst gerade ergab. Oft hing ich auch in einer Kneipe herum, und am Morgen fand ich mich neben einer Frau wieder, ohne zu wissen, wie ich dahin gekommen war und wo ich sie aufgegabelt hatte.

Irina war eine attraktive Frau und anfangs vögelte sie gerne mit mir. Wenigstens kam es mir so vor, aber wer weiß das schon so genau bei einer Frau. Nach etwa einem halben Jahr fickten wir nur, wenn ich es wollte. Das änderte sich schlagartig mit unserer Scheidung. Von einem auf den anderen Tag wurde sie richtig wild auf Sex. Manchmal so gierig, als sei es der letzte Fick ihres Lebens. Ich verlor erst die Lust, als ich mitbekam, dass sie sich einen kompletten männlichen Harem hielt.

Viel getrunken habe ich immer, aber danach wurde es richtig schlimm, wie ich selbstkritisch zugebe.

»Sauf dich tot, das ist nicht meine Sache, du bist erwachsen. Ich koche, halte die Wohnung sauber und du bezahlst die Miete. Das ist unser Deal.«

Ein praktisches Arrangement und es klappte auch ganz gut. Manchmal fickten wir auch in letzter Zeit noch, eher selten. Wenn, dann blies sie mir meistens einen, das war für sie wohl das Bequemste.

Sie war kein schlechter Mensch, wollte nur raus aus Russland und besser leben. Das ist nicht verwerflich.

2

Zwei Beamte führten mich über einen langen Gang. Ohne Handschellen, was ich als positives Zeichen wertete. So wie die Verhörmethoden der Polizei einer Norm entsprechen, so verhält es sich auch mit Gefängnissen. Lange, schlecht beleuchtete Gänge, Staub und Dreck, die Farbe der Wände und Türen variiert zwischen Dunkel bis Hellgrau oder Dunkel bis Hellbraun, Oker und Gelb. In der Luft hängt ein quälender Gestank vom Schweiß der Häftlinge, ihrer Exkremente und nutzloser Desinfektionsmittel, so massiv, dass man reflexartig die Luft anhält, weil der Gestank wie ein Fremdkörper in die Bronchien hineinkriecht und sie aushöhlt. Die Türen sind je nach Alter des Gebäudes aus dicken Holzbohlen oder Eisenblech, die Schlösser und Riegel werden nie geölt und quietschen und knarren. Dem Wachpersonal ist es grundsätzlich untersagt, einen Riegel mit normaler Lautstärke zu bewegen, er darf nur krachend hin und her geschoben werden. Vormittags sieht man in den Gängen müde Häftlinge mit grauen Gesichtern, die sich an Besen oder Schrubber und Eimer festhalten, mit ihrem Bemühungen nichts anderes erreichen, als den Dreck von rechts nach links zu schieben und ihn unnötigerweise aufzuwirbeln.

Wir blieben vor einer Tür stehen und einer der Wärter schloss die schwere hölzerne Tür auf, die mit dicken Eisenbeschlägen armiert war. In Augenhöhe befand sich ein schmaler Spalt mit einem metallenen Schiebefenster. Ab und zu überprüfen sie, ob ein Häftling sich aufgehängt hat. Den Gefallen würde ich ihnen nicht tun.

»Es ist schon spät, aber ich kann sicher noch ein Stück Brot für Sie auftreiben«, sagte ein Beamter.

»Haben Sie noch ein Steak und eine Flasche Rioja?«

Die Zellentür knallte hinter mir zu, und er brachte mir kein Brot. Hättest du nicht ein so loses Maul, würde dir jetzt der Magen weniger knurren, dachte ich selbstkritisch.

Von meinem schmerzhaft grummelnden Magen erwachte ich am nächsten Morgen. Oder es war das heftige Wummern, mit dem jemand die Tür traktierte. Ein Gefangener und ein Wärter standen vor der Tür. Der Gefangene trug die in Spanien übliche Sträflingskleidung, blaue Hose, blau-weiß quer gestreiftes Hemd.

»Dein Frühstück«, sagte er und drückte mir Brot und in Zellophanpapier eingewickelte Marmelade in die Hand. Dann knallte der Wärter die Tür zu. Etwas blöde stand ich mit dem Brot und der Marmelade mitten in der Zelle, und aus dem Papier tropfte das süße Zeug auf den Boden. Schnell hielt ich das Brot darunter, fing die Tropfen auf, und setzte mich auf das Bett. Heißhungrig schlang ich alles herunter. Die überzuckerte Marmelade erzeugte mehr Hunger, als sie vertrieb.

In der Ecke stand ein Toilettentopf ohne Klobrille und daneben ein Wasserhahn ohne Becken. Auf dem Boden war nur eine Vertiefung mit einem Sieb darüber - der Abfluss. Über dem stinkenden Abfluss wusch ich mir die Hände und das Gesicht.

Ich legte mich auf das Bett und dachte an Irina. Wenn der schwule Mitbewohner des Tangotänzers der Täter war, wie Kommissar Garcia zumindest nicht ausschloss, dann war sie nur zufällig da hineingeraten, war einfach zur falschen Zeit am falschen Ort.

Ich döste etwas, träumte von ein paar Dingen, die man im Knast besser aus seinem Kopf verbannen sollte. Dieses Mal lag Irina unter mir, aber sie war schwarz wie die Nacht. Dass es Irina war, merkte ich daran, dass sie große Titten hatte, viel größer, als die von Liz. Und flache, große Brustwarzen. Liz' Knospen ragten spitz heraus, als sei sie ständig erregt. Ich glitt auf Irinas schwarzem Körper nach oben. Dort wo der Kopf hätte sein müssen, war nur ein blutiger Stumpf und das weiße abgesägte Ende der Halswirbelsäule ragte heraus. Von meinem eigenen Schrei geweckt, schreckte ich schweißgebadet hoch und setzte mich schwer atmend an die Wand.

Gegen Mittag hämmerte es gegen die Tür und der Häftling vom Morgen gab mir eine Emailleschüssel mit Suppe, ein Stück Brot und einen Holzlöffel. Dann knallte der Wärter die Tür wieder zu.

Gegen Abend wiederholte sich das. Nur gab es keine Suppe, stattdessen Brot und ein Stück Käse.

So vergingen vier Tage. Morgens Brot und Marmelade, Mittags Suppe, abends Brot und Käse. Am vierten Tag nachmittags öffnete ein Beamter die Tür.

»Sie werden entlassen. Der Kommissar will Sie noch einmal sprechen.«

Er brachte mich in das Verhörzimmer und nur wenige Minuten später kam Garcia.

»Es hat etwas länger gedauert, bis wir Liz ...«, er blätterte in seinen Unterlagen. »Egal. Ich habe irgendwo den vollständigen Namen. Jedenfalls hat es gedauert, bis wir sie ausfindig machen konnten. Anfangs wollte sich in dem Lokal niemand an Sie oder Liz erinnern. Das ist nichts Neues, wenn wir auftauchen, haben die Menschen sofort akute Amnesie. Als wir Liz endlich fanden, wollte sie sich nicht an Sie erinnern. Nach einer Stunde setzte ihr Erinnerungsvermögen wieder ein und sie hat Ihr Alibi bestätigt. Dann war da noch ...«, er blätterte wieder in den Papieren, »... Jomo ist sein Name. Der erinnerte sich auch an Sie. Sie können gehen. Wer sorgt für die Beerdigung? Nach unseren Unterlagen sind Sie der Ehemann der Toten. Wenn Sie Ärger vermeiden wollen, übernehmen Sie das.«

Ich nickte.

»Ich lasse Sie nach Hause bringen. Falls ich Sie noch einmal brauchen sollte - haben Sie ein Handy?«

Ich nickte erneut und nannte ihm die Nummer.

Vor der Tür des Präsidiums stand ein Polizeiwagen, ein kleines zweisitziges Elektromobil, wie es von der *Policia Local* in der Innenstadt häufig benutzt wird. Ich bin nicht sehr groß, musste trotzdem die Knie einziehen. Das war immer noch besser, als stinkend wie ein Penner, wie entlassene Häftlinge eben stinken, mit der Straßenbahn zu fahren. Wir fuhren die Burjassot hinauf und an einer roten Ampel sagte ich: »Das reicht, den Rest gehe ich zu Fuß. Etwas Bewegung tut mir gut.«

Der Fahrer nickte und ich stieg aus.

Ich wühlte in meinen Taschen und fand 5,52 Euro in kleinen Münzen. Mit dem Kleingeld in der Hand ging ich zum Supermarkt um die Ecke und dort zielsicher zum Schnapsregal. Der Brandy kostete 5,95. Ich nahm die Flasche aus dem Regal und ging suchend an den Kassen entlang, bis ich die Kassiererin fand, die mich immer so freundlich anlächelte.

»*Bolsa*?«, fragte sie.

»Ja, bitte eine Tüte.« Sie zog eine weiße Plastiktüte aus dem großen Berg und sagte: »5, 97.«

Die Tüte kostete 2 Cent.

Ich gab ihr die Handvoll Kleingeld und sie zählte. Sie

stutzte, sah mich fragend an. »Mañana?«

»Si, si. Mañana.« Sie lächelte.

Mit der Flasche in der Tüte verließ ich den Laden und ging weiter zum Eingang des *Parc Benicalap*. Die leere Wohnung ertrug ich jetzt nicht. Es roch überall nach Irina, das Badezimmer, ihre Zahnbürste, das ungemachte Bett.

Im Park suchte ich mir eine abseits gelegene Bank. Der Park war leer, im Januar ist hier nie viel los. Ich ließ die Flasche in der Tüte, drehte den Schraubverschluss ab und nahm einen langen Zug aus der Flasche. Endlich.

Jemand rüttelte mich und ich schreckte hoch. Der Parkwächter stand vor mir. Er machte um 21:30 seinen letzten Rundgang, bevor er das Tor zusperrte. Er sagte nichts, sah mich nur an und deutete auf die Tüte. Ich zog die Flasche heraus und reichte sie ihm. Ein Schluck war noch drin, aber er wollte nicht.

»Für heute ist Schluss«, sagte er. »Sauf zu Hause weiter.«

Du hast gut reden, bei dir zu Hause riecht es nicht nach toten Frauen. Schnaps hatte ich auch nicht mehr. Schwankend stand ich auf und ging die wenigen Schritte bis zu meiner Wohnung. Mühsam fand ich durch meinen Alkoholnebel das Schloss, und mehr torkelnd als gehend schaffte ich die vier Treppen hoch, schloss die Wohnungstür auf.

Am nächsten Morgen lag ich so verdreckt, wie ich aus dem Knast gekommen war, unter der Bettdecke.

3

Spätnachmittags des gleichen Tages traf ich Lena und erzählte ihr die Geschichte. Nur Liz ließ ich weg. Sie wusste Bescheid; sie hatte auch Besuch von der Polizei.

»Lena sei ehrlich. Hattest du etwas mit Irina? Ich meine sexuell?«

»Warum drückst du dich so kompliziert aus?«, sagte sie heftig. »Frag doch einfach, ob ich lesbisch bin.« Sie sah sich im Café um. »Kein guter Ort, solche Dinge zu besprechen. Ja und nein. Mir macht beides Spaß und bei Irina war es nicht anders.«

Wir saßen in einem Café auf der *Calle Don Juan Austria,* dem mondänen Zentrum Valencias. Lena starrte vor sich auf den blanken Tisch und ich sah, wie ihre Hand zitterte, als sie das kleine Café-Glas hob. Sie setzte es schnell wieder ab, als befürchte sie, etwas zu verschütten. Sie saß kerzengerade, sah mich nur an und weinte lautlos. Die Tränen liefen ihr herunter, als wollten sie nie mehr versiegen. Ich setzte mich neben sie und ausnahmsweise hatte ich ein Papiertuch bei mir. Sie lehnte sich gegen mich und weinte heftig. Nach einer Weile wischte sie sich die Augen, putzte sich die Nase und dann sagte sie etwas, was mir gewaltig in die Glieder fuhr.

»Irina hat dich auf eine gewisse Art sehr gemocht, Luca. Sie hat dich geliebt, eben auf ihre Weise. Sie konnte Liebe und Sex auseinanderhalten. Sie hat dich nicht nur wegen der *Tarjeta* geheiratet.«

Erneut schossen ihr Tränen in die Augen. Sie schluchzte laut und die anderen Gäste sahen neugierig zu uns herüber.

»Ich muss es dir sagen, Luca. Ich habe Irina sehr geliebt und ich weiß wirklich nicht, was ich jetzt tun soll.«

»Ich sage dir, was wir tun werden. Wir müssen für ein anständiges Begräbnis sorgen. Und wenn wir das geschafft haben, wird das Leben weitergehen, für Dich und auch für mich.«

»Hast du sie geliebt?«, fragte sie.

Ich zögerte, was sollte ich darauf antworten. Dann log ich, gab ihr die Antwort, die sie hören wollte.

»Ich habe sie gemocht, ja. Aber nicht so, wie ihr euch geliebt habt. Trink deinen Kaffee aus, ich bringe dich nach Hause. Ich möchte nicht, dass du in diesem Zustand alleine bist.«

Als der Mensch vor rund dreißigtausend Jahren die Sprache erfand, entdeckte er sicherheitshalber auch gleich die passenden Lügen. Ich bin nicht anders, als die meisten Menschen, ich lüge zigmal am Tag. Ich habe Irina anfangs mehr als nur ein wenig geliebt. Aber weshalb sollte ich Lena mit solch einem Geständnis noch trauriger machen, als sie so schon war.

Kapitel 4 - Liz

1

Eine Woche nach Irinas Beerdigung ging ich ins *Chéz Georgie*. Ich wollte von Liz nur wissen, ob sie die Vernehmung bei der Polizei gut überstanden hätte, wenigstens redete ich mir das ein. Sie war nicht da. Ich fragte den Mann an der Bar nach Jomo. Die Schwarzen sahen mich misstrauisch an, niemand wollte mir Auskunft geben. Der Grund war simpel - ich bin weiß und noch schlimmer - ich hatte ihnen die Polizei auf den Hals gehetzt. Dann sah ich Jomo durch die Tür kommen.

»Jomo, was ist los. Niemand will mit mir reden. Ist Liz hier?«

»Nein. Und du gehst jetzt besser«, sagte er unfreundlich.

Ich wusste, weshalb er so abweisend war.

»Du weißt nicht, in was für einer Scheiße ich steckte, Jomo.«

»Wir haben hier nicht gerne die Polizei. Verschwinde besser. Du hast mir zwei Bier bezahlt und Liz gevögelt, mehr war nicht. Also verpiss dich.«

»Jomo hör mir zu. Ich stand unter Mordverdacht und saß im Knast. Ich brauchte ein Alibi. Ihr beide, du und Liz habt mein Alibi bestätigt. Wenn ihr das nicht getan hättet, wäre ich jetzt ganz sicher nicht hier.«

Er sah mich an, zögerte. Dann sagte er etwas zu den anderen Schwarzen. Es schien eher eine Frage zu sein. Sie nickten widerwillig, als gäben sie ihre Erlaubnis. Ich durfte bleiben.

»Was willst du trinken?«, fragte Jomo.

»Nur einen Kaffee. Ich muss mit der Sauferei kürzertreten. Wo ist Liz?«

Er drehte sich um und schaltete die Espresso-Maschine ein, sah dem tropfenden Kaffee zu. Er wendete mir den Rücken zu, bis der Espresso durchgelaufen war. Offenbar überlegte er, was er mir sagen durfte.

»Ich weiß nicht, wo sie ist. Ich weiß aber, wer sie fragen kann, ob sie mit dir reden will. Warte einen Moment.«

Am Ende des Tresens stand ein altmodisches Telefon noch mit Wählscheibe. Er wählte, ich hörte nur: »Hallo ...«, mehr verstand ich nicht. Er sprach Wolof. Ein Senegalese war am anderen Ende.

»Wenn Liz dich sprechen will, ruft sie in zehn Minuten zurück«, sagte er. »Noch einen Kaffee?«

Ich nickte. Er ließ noch einen Espresso in das Glas tropfen.

»Wie lange warst du im Knast?«

»Vier Tage. Danach musste ich die Beerdigung organisieren, Behördenkram, der übliche Scheiß.«

»Wer wurde denn umgebracht und weshalb hast du mit der Beerdigung zutun? Die Polizei hat es uns nicht gesagt.«

»Meine Frau, besser gesagt, meine Ex-Frau. Versteckt sich Liz?«

»Sie hat Angst. Sie ist legal hier, aber wenn Polizei aufkreuzt, haben Schwarze automatisch Angst. Die Angst haben wir aus dem afrikanischen Dschungel mitgebracht.«

Ich blickte auf die Uhr. Eine viertel Stunde war vergangen. Dann zwanzig Minuten.

»Sie ruft nicht an, sie fürchtet sich«, sagte Jomo.

Nach einer halben Stunde klingelte das Telefon. Jomo nahm ab, lauschte. »Für dich«, sagte er und gab mir den Hörer.

»Bist du es, Liz? Können wir uns treffen?«

»Wofür soll das gut sein? Ich habe auch so genug Probleme.«

»Ich will dir erklären, was los war. Du wirst es sofort verstehen. Ich konnte nicht anders handeln.«

Einen Moment war es still in der Leitung.

»Aber nicht im Lokal.«

»Im Parc Benicalap? Um diese Jahreszeit ist da nichts los.«

»In einer Stunde am Amphitheater«, sagte sie und legte auf.

»Gib mir bitte noch einen Kaffee und ein Glas Wasser.«

»Alles in Ordnung mit dir?«, fragte Jomo.

Er stellte mir den Kaffee und das Wasser hin. Ich langte in die Tasche, aber er winkte ab.

»Lass nur, geht aufs Haus.«

2

Ich ging langsam die Burjassot entlang und je näher ich dem Park kam, umso öfter fragte ich mich, was ich gerade tat. Ich rannte einer Hure hinterher. Wofür sollte das gut sein? Was machte es für einen Unterschied, ob Liz gut oder schlecht über mich dachte? Ich ging trotzdem weiter

Richtung Park.

Der Parc Benicalap ist eine große Anlage mit mächtigen Ficus-Bäumen, über weite Strecken ein botanischer Garten. Ich wanderte umher, betrachtete die Pflanzen, obwohl ich nicht das Geringste davon verstand. Das Amphitheater liegt mitten im Park und ist dem Orakel von Delphi nachempfunden, nur kleiner. Man geht ein paar Stufen hinauf, blickt von oben auf die Sitzplätze. Die tiefe Bühne in der Mitte ist klein, halbrund, so zehn Meter im Durchmesser. An einer Seite ist der Eingang für die Akteure.

Ich sah auf die Uhr, ich war viel zu früh. Gerade wollte ich mich abwenden, als ich Liz sah. Sie saß auf einer Bank an der Außenmauer. Ich ging zu ihr und setzte mich neben sie.

Sie drehte sich zu mir um und sagte: »Was haben wir miteinander zu schaffen, weshalb willst du mich sprechen?«

Trotzig klang das, aber da schwang noch etwas anderes mit, so was wie Enttäuschung.

»Ganz ehrlich Liz? Ich weiß es auch nicht. Ich vermute, du hattest meinetwegen Probleme und ich wollte mich entschuldigen. Andere Gründe habe ich nicht.«

»Schon gut. Was war denn los? Du warst im Knast, habe ich gehört.«

»Angeblich habe ich in der Nacht, in der wir zusammen waren, jemanden umgebracht. Du warst mein Alibi.«

»So ähnlich hat Jomo mir das erzählt. Wer wurde umgebracht?«

»Meine Frau, genauer gesagt, die Frau, mit der ich bis vor einem Jahr verheiratet war. Sie wollte eine *Tarjeta*. Einige

Monate, nachdem sie die Aufenthaltsbewilligung hatte, haben wir uns scheiden lassen, so war es verabredet. Wir haben trotzdem weiter zusammengelebt, weil es praktisch war und auch billiger. Sie hatte einen Freund und beide sind auf bestialische Weise ermordet worden.«

»Und du warst der Hauptverdächtige?«

»Die Polizei glaubte an ein Eifersuchtsdrama. Hattest du meinetwegen Schwierigkeiten? Ich befürchtete schon, du wärst illegal hier und man würde dich ausweisen. Das ist der Hauptgrund, weshalb ich dich treffen wollte. Hast du Schwierigkeiten?«

Sie lachte laut auf. »Du bist wirklich komisch. Wieso interessieren dich meine Probleme? Keine Sorge, ich stecke nicht in Schwierigkeiten, wenigstens nicht in mehr als vorher.«

»Das freut mich. Kann ich sonst etwas für dich tun?«

Sie sah mich lange an und ich glaubte schon, sie stände auf und ginge ohne ein weiteres Wort.

»Das ist nett von dir. Um mich macht sich sonst niemand Sorgen. Du bist der Einzige, wenigstens in Valencia.«

»Hast du Verwandte?«

»Ja, im Senegal. Ich habe Hunger. Du kannst mich als Gegenleistung für dein Alibi zum Essen einladen.«

Ich musste lachen. »Ich lade dich gerne ein. Wir haben zwei Möglichkeiten. Höchstens hundert Meter von hier ist eine Taverne. Ich war noch nie drin, aber das Essen ist bestimmt nicht schlecht. Oder wir gehen zu mir nach Hause und ich koche uns Spaghetti.«

Sie sah mich verdutzt an, warf den Kopf in den Nacken und lachte so laut, dass die Spatzen von den umstehenden Bäumen aufflogen. Wenn sie lachte, war sie noch schöner und ich vergaß, wie ich sie kennengelernt hatte.

»Spaghetti sind mir lieber. Ich möchte es auch unbedingt erleben, wie ein Mann für mich kocht.«

3

»Wie möchtest du die Soße? Das Gehackte ist gemischt, Schwein und Rind. Magst du das?«

»Ich esse fast alles. Außerdem bin ich katholisch getauft und keine Muslimin.«

Ich dachte an das Kruzifix in ihrem kleinen Zimmer im ersten Stock des *Chéz Georgie.*

»Bist du gläubig?«

»Du stellst Fragen! Manchmal gehe ich sogar in die Kirche, eher selten. Warum fragst du? Weil ich mich vor dem Ficken mit fremden Männern bekreuzige? Das mache ich, weil das eine Art *russisches Roulette* ist. Für mich ebenso, wie für dich. Bei uns im Senegal haben mehr als dreißig Prozent die Seuche. Keine Sorge, ich bin gesund. Das Gesundheitsamt hat mich getestet, bevor sie mir die *Tarjeta* gegeben haben.«

Machte ich mir Sorgen wegen AIDS? Männer mit meiner bunten Vergangenheit machen sich selten Sorgen wegen irgendetwas.

»Wieso bist du katholisch getauft? Der Senegal ist doch beinahe vollständig islamisch.«

»Meine Mutter ist katholisch. Sie kommt aus einem Dorf nicht weit von Dakar. In der Nähe des Dorfes hatte sich ein Missionar niedergelassen. Er hat den Dorfbewohnern vorgelogen, das Kruzifix würde sie vor AIDS schützen und alle ließen sich taufen. Als dann einige Jahre später die meisten an der Seuche gestorben waren, konvertierten die letzten Dorfbewohner wieder zum Islam. So ist der christliche Glaube in unsere Familie gekommen. Wie du siehst, glaube ich noch immer daran.«

»Und der Missionar?«

Sie machte eine Bewegung zum Hals, als schneide sie sich die Kehle durch.

Ich stand am Herd und mischte das Gehackte, schnippelte Zwiebeln und Knoblauch. Liz saß auf dem Hocker, wo ich sonst die Trinkwasserflaschen stehen hatte und sah mir sichtlich amüsiert zu.

»Wie möchtest du es? Scharf?«

»Was hast du denn? Pfeffer, Chili?«

»Alles da.«

»Mach es so scharf, wie du es verträgst, und dann wirf noch eine Chili zusätzlich in die Pfanne.«

Ich drückte das Gehackte mit den Zwiebeln und Knoblauch in der Pfanne breit, gab etwas Olivenöl dazu und Chili. Sie mag es scharf, das kann sie haben. Dann briet ich die Mischung durch, bis eine dicke blaue Qualmwolke über dem Herd stand und die Küche vernebelte. Die Spaghetti waren inzwischen auch so weit. Ich schüttete alles in zwei Schüsseln, schnitt Weißbrot und holte Besteck aus der Schublade.

»Du bist wie meine Mutter«, sagte sie. »Sie hat oft für

mich gekocht. Ein Mann noch nie.«

Wir trugen alles gemeinsam ins Wohnzimmer. Ich füllte ihren Teller mit Spaghetti und Hackfleisch. Sie aß so hungrig, als wäre es ihre erste Mahlzeit seit Tagen.

»Was möchtest du trinken? Ich habe Wein hier.«

»Nur Wasser bitte.«

Ich ging in die Küche und sie rief mir hinterher: »Und Kaffee, wenn du hast.«

Als ich mit Kaffee und Wasser aus der Küche kam, stand sie mitten im Wohnzimmer und sah sich um.

»Was sind das für Möbel?«

»Aus Asien, Indonesien glaube ich.«

»Und die Bilder? Das sind schöne Bilder, sehen echt aus.«

»Die habe ich im Laufe der Jahre gekauft, so wie ich Geld übrig hatte. Das sind Kopien von Bildern bekannter Maler, nicht wertvoll, nur schön.«

Sie betrachtete meine Schnitzereien. Die schlanke Afrikanerin aus Mombasa hatte es ihr angetan. Die Figur stellte eine Tänzerin dar; sie war knapp einen Meter hoch und aus schwerem Ebenholz. Sie hob die Figur vom Boden, betrachtete sie von allen Seiten.

»Dafür hast du Model gestanden«, sagte ich. Sie lächelte. Vorsichtig setzte sie die Figur wieder ab und ging weiter im Raum umher.

»Was ist das?«

Sie nahm die Machete aus dem Regal und zog sie aus der Scheide.

»Sei vorsichtig, die ist scharf wie eine Rasierklinge.«

Vorsichtig strich sie mit dem Daumen über die Klinge.

»Im Senegal benutzt man solche Macheten bei der Zuckerrohrernte. Die sind aber nicht so scharf. Woher hast du sie?«

»Aus Angola. Gerade, als ich dort war, tobte einer die vielen Bürgerkriege. Deshalb ist sie so scharf. Damit haben sie sich gegenseitig die Köpfe abgehackt.«

Sie schüttelte sich angewidert und sagte: »Ich weiß, das ist ein Volkssport in ganz Afrika. Warst du oft in Afrika?«

»Ziemlich oft. Auch im Senegal.«

»Jomo hat mir davon erzählt. Er ist immer begeistert, wenn er auf einen Europäer trifft, der den Senegal kennt. Du warst viel auf Reisen, das sehe ich.«

»Ich weiß nicht, weshalb ich erst jetzt daran denke. Ich lege Musik auf. Habe ich ganz vergessen.«

»Was hast du denn?«, fragte sie.

»Schwarzen Blues natürlich. Kennst du Etta James oder Billie Holiday?«

»Die kenne ich beide. Fang mit Etta an - Sunday kind of love - hast du das?«

Ich schob die CD in den Schacht und ein verzücktes Lächeln huschte über ihr Gesicht, als die rauchige Stimme von Etta erklang. Wenn man wissen will, wie sich die Frauen in Schwarz-Afrika anhören, dann muss man den Blues-Sängerinnen zuhören. Fasziniert sah ich zu, wie Liz sich tänzelnd um ihre Achse drehte.

»Möchtest du noch etwas Essen, vielleicht etwas Süßes?« Ich hatte eine raue Stimme, ich hörte es selbst.

»Warum verwöhnst du mich so?« Sie lächelte, weil sie die Antwort kannte.

»Weil ich dich gleich auf das Bett werfen werde.«

»Warum verlierst du so viel Zeit? Sag doch einfach, dass du *l'amour* machen willst.«

Da war es wieder, das Gurren in ihrer Stimme. Als schalte sie andere Stimmbänder ein, wenn von *Sex* oder *l'amour* die Rede war. Sie trat nahe an mich heran, legte mir die Arme um den Hals. Ich roch ihren ganz speziellen Körperduft von Zimtstangen. Es musste ihre Haut sein, Parfüm hält nicht so lange. Sie zog mir das T-Shirt aus der Hose, öffnete meinen Gürtel, zog den Reißverschluss der Hose auf, öffnete meine Hose. Sehr langsam zog sie mich aus, bis ich nackend und brennend vor Gier vor ihr stand. Sie kniete sich vor mich und nahm meinen Schwanz in den Mund. Kurz bevor ich kam, sagte sie: »Jetzt gehen wir ganz schnell ins Bett. Ein bisschen möchte ich davon auch abhaben.«

Heftig drängte ich sie ins Schlafzimmer und stieß sie grob auf das Bett. Sie hob die Beine hoch und schlang sie mir um den Hals, bäumte sich mir entgegen. Ich drang nicht in sie ein, ich versank in ihr. Ihre Brustwarzen waren hart wie Ebenholz, wie die Brust der Schnitzerei aus Mombasa.

Mit heftigem Keuchen kam ich und zitterte endlose Sekunden, bis ich mich immer noch heftig atmend zur Seite fallen ließ.

»Bei deiner Vorarbeit im Wohnzimmer geht es schnell«, keuchte ich.

Sie sah mich mit ihren dunklen Augen an und lachte. »Wir haben doch gerade erst angefangen.«

Sie legte sich auf den Rücken, streckte die Arme hoch, stöhnte wollig, bäumte sich wie eine Akrobatin zu einer Brücke auf. Nur ihre Fersen und Schultern berührten die Matratze. Mit einem Seufzer ließ sie sich fallen.

»Du hast ein schönes Bett, so richtig zum Austoben.«

Ich hatte mich halb aufgerichtet, stützte mich auf den Ellbogen und betrachtete sie. Auf dem weißen Laken sah sie aus, als sei sie meine zum Leben erwachte Schnitzerei aus Mombasa. Ihre Brustwarzen waren noch dunkler, als ihre Haut. Ihr Bauch war flach und muskulös, und ihre Rippen zeichneten sich deutlich unter der Haut ab. Die Figur einer Tänzerin.

Ich legte meinen Kopf auf ihren Bauch. Langsam winkelte sie ein Bein an.

»Eine gute Idee«, murmelte sie. Ihr Verlangen ließ ihren Bauch vibrieren, ich spürte ihren schnellen Herzschlag und heftigen Atem.

Ich glitt nach unten zwischen ihre Schenkel. Vorsichtig teilte ich ihre dunklen Schamlippen mit meiner Zunge und ließ sie langsam kreisen. Kein Haar störte meinen Genuss, sie war glatt rasiert. Wieder hob sie sich bogenförmig hoch und stieß einen langen, genüsslichen Seufzer aus. Sie griff in meine Haare und begann mich zu dirigieren, drückte meine Zunge in ihre Möse, bewegte mich hin und her. Immer heftiger. Ein Vibrieren ging durch ihren Körper, sie stöhnte. Ich bewegte meine Zunge langsamer, damit ihre Erregung anhielt. Sie griff erneut fordernd in meine Haare und ich ließ meine Zunge kreisen. Heftiges Zittern schüttelte ihren Körper.

Ich war weiter nach unten gerutscht und mein Kopf lag zwischen ihren schwarzen Schenkeln. Ihr Bauch und ihre Schenkel glänzten feucht.

Wieder griff sie in meine Haare und meine Zunge schnellte heftig hin und her. Jählings bäumte sie sich wild auf, blieb einige Sekunden wie erstarrt in dieser Stellung, stieß einen tiefen Schrei aus und fiel wild zuckend in sich zusammen. Ihre Schenkel umschlossen so heftig meinen Kopf, dass ich einen Moment keine Luft bekam.

4

Die Sonne war untergegangen, als wir wach wurden. Sie drehte sich zu mir, grinste mich an und sagte: »Ist von den Spaghetti noch etwas da?«

Ich musste lachen. »Ein wenig ist noch übrig. Ich werfe alles zusammen in die Pfanne und dann stärken wir uns.«

»Darf ich das machen?«

»Klar, das ist ein Gasherd mit Butangas, das kennst du sicher.«

Sie erhob sich und stand nackend neben dem Bett. »Hast du etwas zum Überziehen?«

»Hängt im Badezimmer. Bediene dich. Ich gehe schnell unter die Dusche.«

Ich hörte sie ins Badezimmer gehen und die Toilettenspülung rauschte. Als sie herauskam, ging ich ins Badezimmer und duschte ausgiebig. Aus der Küche zog der Duft von Bratensoße durch die Wohnung.

Wir setzten uns an den Esstisch und aßen den Rest

Spaghetti. Viel war es nicht mehr und Liz hatte zusätzlich Brot geschnitten.

»Was hast du im Senegal gemacht und noch interessanter, wie bist du an die spanische Tarjeta gekommen?«

»Ich wollte Tänzerin werden, aber das wollen im Senegal alle jungen Mädchen. Schließlich habe ich als Sekretärin gearbeitet und nur nebenher getanzt. Mit einem Arbeitsvertrag einer spanischen Bank, die eine Filiale in Dakar hat, bin ich nach Valencia gekommen. Bei der Bank habe ich nach drei Monaten aufgehört. Man braucht auch hier keine Tänzerinnen, aber ich hatte eine gültige Tarjeta.«

»Leben deine Eltern noch?«

»Mein Vater ist vor vielen Jahren gestorben. Ich habe ihn nie richtig kennengelernt. Meine Mutter arbeitet in einer Bank. Sie hat mir auch geholfen, den Arbeitsvertrag zu bekommen.«

»Ich sollte gleich einkaufen.«

»Es ist noch genug Brot für das Frühstück im Schrank und Marmelade hast du auch im Kühlschrank. Du fragst gar nicht, was sie in der Bank macht.«

»Und? Was macht sie?«

»Sie ist Putzfrau. Für meinen Arbeitsvertrag hat sie mit dem Boss der Bank geschlafen. Sie war wohl sehr traurig, dass ich bei der Bank so schnell wieder aufgehört habe.«

Ich muss sie wohl etwas betreten angesehen haben.

»Ich weiß, was du jetzt denkst.«

Ich fühlte mich ertappt.

»Das denke ich nicht, Liz. Es ist eben etwas

schiefgegangen, das geschieht oft im Leben.«

Einen Moment sah sie traurig aus. Dann huschte ein Lächeln über ihr Gesicht. Sie stand auf und ließ den Bademantel von ihren Schultern gleiten. Wie eine geheimnisvolle schwarze Göttin stand sie im schwachen Licht der Tischlampe.

»Komm Luca.«

Sie ging vor mir ins Schlafzimmer und ich spürte meine Erregung. Sie legte sich auf das Bett und ich legte mich neben sie.

»Du bist ja schon in Fahrt«, sagte sie und lächelte.

Sie setzte sich rücklings auf mein Gesicht, ließ mir nur Platz, meine Zunge zu bewegen. Dann legte sie sich neben mich, halb auf mich. Ihre Lippen umschlossen meinen Schwanz und ich war mit meiner Zunge in ihrer Möse, hielt mit beiden Händen ihr Gesäß umklammert. Wenn sie spürte, dass ich jeden Moment kam, hörte sie auf, mit ihren Lippen meinen Schwanz zu massieren und kurz bevor sie kam, griff sie in meine Haare und zog mich von ihrer Möse weg.

Ich hatte jedes Zeitgefühl verloren, wusste nicht, wie lange wir uns gegenseitig in dieser Stellung leckten. Mir schien es eine Ewigkeit, bis sie mich endlich in ihren Mund kommen ließ und beinahe im gleichen Moment ging ein heftiges Zittern durch ihren Körper.

Ermattet blieben wir eine Weile liegen, dann zog ich die Bettdecke über uns beide und so wie wir lagen, schliefen wir ein.

Es musste gegen Mitternacht sein, als ich wach wurde. Mir war kalt, die Bettdecke war auf den Boden gerutscht.

Ich hörte Liz auf der Toilette. Sie kam zurück ins Schlafzimmer und legte sich neben mich. Ich spürte ihren warmen Körper und den Duft von Zimt. Es musste ihre schwarze Haut sein, die so herrlich duftete. Morgen würde ich sie fragen.

5

Es war hell, als ich wach wurde. Liz lag ruhig atmend neben mir. Ich ging in die Küche und setzte Wasser auf. Als der Kaffee fertig war, stand sie in der Tür, sehr leise war sie hereingekommen. Wir setzten uns an den Tisch, tranken Kaffee und aßen Marmeladenbrote.

»Ich möchte noch ein wenig schlafen«, sagte sie.

»Ich komme mit.«

Sie lachte und gemeinsam gingen wir ins Schlafzimmer. Dieses Mal war es wirklich *l'amour*, zärtlich. Ich lag auf ihr und sie hatte ihre langen Beine hinter meinem Rücken verschränkt. Fordernd stieß sie mir ihre Fersen rhythmisch in den Rücken. Wenn sie spürte, dass ich kam, wurde sie langsamer, um mich dann erneut anzutreiben. Wie ein vom Reiter über die Hürde getriebenes Pferd, und dann, im Absprung, kam ich.

Gegen Mittag wurde ich wach. Auf dem Tisch lag eine Reklamezeitung aus dem Supermarkt. In einer mädchenhaften Handschrift hatte sie an den Rand geschrieben: »*Merci pour les spaghettis. Liz.*«

6

Ich kroch aus dem Bett, duschte ausgiebig, aß die letzte Scheibe Brot und trank eine Tasse Kaffee. Ich musste dringend einkaufen.

Im Supermarkt schlenderte ich durch die Auslagen und überlegte, was ich einkaufen sollte, was Liz gerne essen würde. Automatisch nahm ich Fisch aus der Kühltheke, eine Pizza, Käse und ein Huhn. Mochte sie Schokolade? Ich nahm zwei Tafeln aus dem Regal und warf sie in den Korb. Mein Einkaufskorb wurde voller und voller und erst, als ich sein Gewicht spürte, ging mir durch den Kopf, dass sie vermutlich nicht wiederkommen würde. Huren kommen nicht ungefragt ins Haus. Man bestellt sie telefonisch über einen Escort-Service, sucht sie in einem Animierlokal, geht durch den Kontakthof eines Bordells, findet sie auf dem Straßenstrich. In Amsterdam sitzen die Huren im Schaufenster auf der Schipperstraat, und wenn sie einen Kunden haben, ziehen sie die Vorhänge zu. Huren kommen nicht ungefragt nach Hause.

Ich nahm trotzdem den gesamten Einkauf mit zur Kasse.

Auf dem Heimweg kam ich an einem Obstladen vorbei, er wurde von einem Marokkaner betrieben. Ich kaufte Ananas und Pfirsiche, wollte noch mehr nehmen, bremste mich gerade noch. Das Huhn, Brot, Pizza und Käse konnte ich im Kühlschrank oder der Gefriertruhe aufheben, das Obst musste gegessen werden und Ananas mag ich nicht.

Ich ging langsam über die Burjassot nach Hause, die Tasche war schwer. Am Park bog ich in meine Straße ab. Schon von Weitem sah ich Liz vor der Tür stehen.

»Ich wollte gerade wieder gehen. Ich dachte, du bist in die Stadt gefahren.«

Wie selbstverständlich ging sie vor mir die Treppe hinauf und oben in der Küche räumten wir gemeinsam den Einkauf in den Kühlschrank.

»Was kochst du heute? Wieder Spaghetti?«, sie lächelte. »Ist es dir recht, wenn ich mich selbst zum Essen einlade?«

»Das ist mir sogar sehr recht, Liz. Ich hatte gehofft, dass du kommst. Das siehst du an den Unmengen Lebensmittel, die ich eingekauft habe. Ohne dich reicht das für mehrere Wochen. Setz dich, ich koche Kaffee.«

Als ich aus der Küche kam, stand sie an der Kommode und hielt meine Kamera in der Hand.

»Machst du damit gute Fotos?«

»Es ist keine Profikamera, aber mir reicht sie. Ich mache recht gute Aufnahmen damit.«

»Kannst du mich fotografieren?«

»Wofür sollen die Aufnahmen sein, Andenken?«

Sie lachte. »Das auch. Ich will mich bei einer Bank bewerben.«

»Gerne. Trinken wir erst Kaffee, essen zu Mittag und danach machen wir Fotos. Dann steht die Sonne tief und das Licht ist besser.«

Wir tranken Kaffee, kochten gemeinsam, aßen gemütlich. Ich machte eine Flasche Wein auf. Wir redeten und redeten, waren beide etwas angeheitert. Inzwischen stand die Sonne schräg in den Raum.

»Das Licht ist jetzt gut, machen wir deine Fotos.«

Ich stellte einen Stuhl mitten ins Wohnzimmer.

»Setz dich. Ich mache Aufnahmen, so viele du willst. Hier in der Nähe ist ein Fotoladen, dort können wir für deine Bewerbung Abzüge machen lassen.«

Ich machte mehrere Fotos und zwischendurch betrachtete sie die Ergebnisse auf dem Display.

»Das waren die Bewerbungsfotos, jetzt machen wir noch welche für uns«, sagte sie lächelnd.

Langsam zog sie sich aus, drehte sich wie eine Tänzerin, stand nackend im Wohnzimmer.

»Hast du mich gut fotografiert? Die Bilder sind für dich, wenn ich nicht hier bin.«

Ich machte noch ein paar Aufnahmen.

»Das ist genug. Jetzt machen wir *photos frivoles.* Die verkaufst du, wenn du kein Geld mehr für Spaghetti hast.«

Sie legte sich auf das Sofa und räkelte sich wie eine Katze, spreizte die Beine, massierte ihre Möse, bis sie glänzte wie ein feuchter Badeschwamm.

»Komm dichter heran, ich mag das.«

Ich hockte mich vor das Sofa und machte Fotos von ihr in allen erdenklichen Posen. Das waren keine Bewerbungsfotos, wenigstens nicht für eine Bank.

Wie eine Stahlfeder schnellte sie vom Sofa, reckte die Arme hoch und sagte: »Hast du Lust auf mich?«

»Ich habe immer Lust auf dich«, sagte ich mit einer Stimme, die in meinen eigenen Ohren heiser klang. Mit jedem Foto war meine Erregung gestiegen und meine Hose wurde mir eng im Schritt.

»So wie das letzte Mal, das hat mir gefallen.«

Sie trat zu mir, zog mir das T-Shirt aus der Hose und öffnete den Gürtel. Mein Schwanz ragte wie ein glänzender Pfahl nach oben und vibrierte bei jedem Pulsschlag. Wenn es jetzt nicht gleich losgeht, dann saue ich den Teppich ein. Sie kniete sich vor mich und nahm meinen Schwanz in den Mund, massierte ihn mit ihren dicken Lippen. Sie hatte kräftig Lippenstift aufgelegt, bläulich-rosa mit Glimmer oder Glitzerzeug darauf, und mein Schwanz glänzte wie ihre Lippen - bläulich rot mit Glitzer.

Ich atmete keuchend und sie drückte meinen Schwanz tief in ihren Mund, massierte meine Eier und überall. Sie nahm meine Hände und legte sie auf ihren Hinterkopf und ich dirigierte sie, wie sie es auch machte, wenn ich sie leckte.

»Aufhören«, keuchte ich. »Lass das.«

Sie hörte nicht auf, bewegte ihre Lippen immer heftiger und ich kam in ihren Mund, hielt mich zuckend an ihrem Schultern fest.

Schwankend stand ich vor ihr. Sie sah mit von Sperma verschmiertem Gesicht zu mir auf und lächelte. Sie stand auf, legte ihre Hände um meinen Hals und drückte sich fest an mich.

»War das gut?«, sagte sie mit einer Stimme, wie nur schwarze Frauen sie bei *l'amour* haben. Mit ihrer Stimme alleine konnte sie mich um den letzten Rest meines Verstandes bringen.

Sie sah meine flackernden Augen, bog sich wie eine Akrobatin zurück, und sagte mit ihrer gurrenden Stimme: »*Mon ami!* Jetzt musst du mich vögeln, bis mein Verstand aussetzt.«

Wir gingen ins Schlafzimmer und sie legte sich auf den Rücken. Sie massierte ihre Möse, und als ich ihre Hand wegdrängen wollte, keuchte sie: »Nein, lass mich. Das musst du noch lernen.«

Heftig packte sie mich hinter den Nacken und drückte meinen Kopf zwischen ihre Schenkel. »Du musst nicht nur meine Möse lecken, alles musst du lecken. Zwischen meinen Pobacken, überall.«

Sie hob ihre Knie hoch bis an die Brust und ich fand, was sie sich wünschte. Ich legte meine Hand auf ihren Bauch und an ihrem Atem merkte ich, wo ich sie mit meiner Zunge besonders erregte. Mehrmals bäumte sie sich auf, keuchte, schrie, zitterte. Dann fiel sie in sich zusammen und heftig atmend blieb sie gekrümmt wie ein Embryo auf der Seite liegen. Ich legte mich hinter sie und in dieser Stellung schliefen wir ein.

In dieser Nacht wollte sie noch einmal geleckt werden. Als sie ermattet auf der Seite lag, murmelte sie: »Wenn ich wieder zu Atem gekommen bin, werde ich dich wie eine Honigbiene aussaugen. Du kannst dann eine Woche nicht mehr vögeln.«

Als ich am nächsten Tag gegen 10 Uhr wie aus tiefer Bewusstlosigkeit zu mir kam, war Liz nicht mehr da. Auf dem Tisch lag wieder die Reklamezeitung und an den Rand hatte sie geschrieben: »Du hast meine Stellen gefunden. Ich melde mich. Liz.«

Zwei Stunden später klingelte mein Handy. Es war Kommissar Garcia. »Ich brauche Sie hier. Sind Sie zu Hause?«

»Ja. Was ist denn los?«

»Ich lasse Sie in einer halben Stunde abholen. Wir haben eine Leiche.«

Wie ein Messer fuhr es mir eiskalt durch die Brust.

»Wer ist es? Liz etwa?«

»In einer halben Stunde«, sagte Garcia nur.

Kapitel 5 - Kommissar Garcia

1

Ich saß im Büro des Kommissars, nicht im Vernehmungszimmer, und ich hatte auch einen Kaffee vor mir stehen. Mordverdächtigen bietet man keinen Kaffee an.

»Ich bitte noch einen Kollegen dazu, er leitet die Ermittlungen am Tatort.«

Garcia griff zum Telefon und einige Minuten später betrat ein Mann das Büro.

»Kommissar Miguel Sanchez«, stellte Garcia ihn vor.

Sanchez war mittelgroß, so 1,75, schmal und enorm muskulös. Man sah ihm an, dass er den größten Teil seiner Freizeit in einem Fitness-Center verbrachte. Er hatte ein kantiges Gesicht, kahl geschorenen Kopf und einen schmalen, wie mit einem Tuschepinsel gemalten Bart, der ihm von den Koteletten bis zum Kinn reichte. Seine Oberlippe war glatt rasiert. Ein Typ, auf den Frauen fliegen. Bis auf die Augen. Seine sehr hellen blauen Augen waren so schmerzhaft stechend, dass ich unwillkürlich den Blick abwandte, als er mich ansah. Gar nicht zu seinem Äußeren passte seine Fistelstimme. Nicht weibisch oder kindlich, ein Falsett, das unglaublich komisch wirkte. Man musste unwillkürlich grinsen, wenn er sprach. So sehr sein kantiges Gesicht auf Frauen wirken mochte, seine stechenden Augen und seine Stimme verkehrten es ins Gegenteil.

»Kommissar Sanchez bearbeitet den Fall, er ist am Tatort. Ich leite die Ermittlungen vom Präsidium. Ich bin nur selten vor Ort.«

Er machte eine Pause und mir kam es so vor, als habe er auch Probleme, Sanchez anzusehen. Er wandte sich mir zu und sagte: »Sie haben ein Problem. Eine Frage vorab - sind Sie homosexuell, möglicherweise ab und zu mal?«

Verblüfft sah ich ihn an und antwortete stammelnd: »Ganz sicher nicht.«

»Dann erklären Sie mir bitte, wie Ihr Sperma in den Mund des toten Jomo kommt.«

Ich brauchte eine Weile, bis ich das verdaut hatte. Wenigstens war es nicht Liz.

»Ich habe keine Ahnung. Wie soll das möglich sein?«

»Wir haben seine Leiche gefunden. Er ist auf die gleiche Weise ermordet worden wie der Tanzlehrer, den wir neben Ihrer Frau gefunden haben. Stranguliert mit einer Drahtschlinge, wieder so gründlich, dass der Kopf vom Körper abgetrennt wurde. Der Täter verwendet einen Titan-beschichteten Spezialdraht. Damit zersägt er die Halswirbelsäule seiner Opfer. Der Körper lag ohne Kopf in der Herrentoilette eines Kaufhauses und der Kopf in einem Abfalleimer in der Metro-Station Colon, direkt neben einem Fahrkartenautomaten.«

Ich war unfähig, zu antworten, die Stimme versagte mir. Kommissar Garcia sah mich an und als wollte er mein Schweigen endlich unterbrechen, erzählte er mir weitere Details vom Tatort. Kommissar Sanchez sagte kein einziges Wort, obwohl er der ermittelnde Beamte war, der alle Tatorte gesehen hatte.

»Der Mann, wir gehen davon aus, dass der Täter

männlich ist, hat Jomo in der Toilette erdrosselt und den Kopf mit diesem Spezialdraht abgetrennt. Ein menschlicher Körper enthält je nach Körpergröße etwa einen halben Eimer Blut. Der Täter hat das Opfer in den Toilettentopf ausbluten lassen. Dann hat er den Kopf genommen, Ihr Sperma irgendwie reingedrückt, vermutlich mit einer Spritze, und hat den Kopf in einer Tüte in der Metro-Station in den Mülleimer geworfen. Das Reinigungspersonal des Kaufhauses hat am nächsten Morgen den Leichnam entdeckt. Den Kopf hat ein Obdachloser gefunden, der den Mülleimer nach etwas Essbaren durchstöbern wollte.«

Ich hatte das dringende Bedürfnis, dem Kommissar den Schreibtisch vollzukotzen.

»Und wieso hat das niemand gemerkt? Kunden im Kaufhaus, Fahrgäste in der Metro-Station.«

»Das alles ist morgens gegen 2 Uhr passiert. So plus - minus 30 Minuten, der genaue Zeitpunkt steht noch nicht fest. Er kannte sich im Kaufhaus aus, hatte einen Schlüssel für den Notausgang, der nachts verschlossen ist. Er konnte unbemerkt das Kaufhaus verlassen. Und als Krönung des Ganzen hatte er Ihr Sperma.«

»Der Mord ist zwischen 2 Uhr und 2 Uhr 15 passiert, das hat die Obduktion ergeben. Das Ergebnis kam von der Forensik vor einer halben Stunde«, sagte Kommissar Sanchez mit einer Stimme, als piepste eine Maus.

»Und woher kommt mein Sperma?«, fragte ich. Garcia ignorierte meinen Einwand.

»Zunächst eine Standardfrage, nur fürs Protokoll, ich muss Sie das fragen. Wo waren Sie heute Morgen zwischen 1 und 3 Uhr?«

»Ich lag zu Hause im Bett.«

»Alleine?«

»Nein, mit Liz.«

Garcia hob anklagend den Blick zur Zimmerdecke.

»Bitte nicht schon wieder.«

Garcia schwieg und ich zog es vor, auch nichts zu sagen.

»Wir müssen klären, wie der Täter an Ihr Sperma gekommen ist, dann haben wir ihn. Eins aber ist ganz sicher - da ist jemand ganz fürchterlich daran interessiert, Ihnen etwas anzuhängen. Haben Sie Feinde?«

»Hier in Spanien? Kann ich mir nicht vorstellen. In Deutschland mehr als genug.«

»Dann gehen Sie mal Ihre Mehr-als-genug-Liste durch und überlegen, wer für so etwas infrage kommt. Die kleinen Pisser können Sie aussortieren. Es muss sich um einen oder mehrere bedeutende Feinde handeln.«

Er sah seinen Kollegen an. »Hast du Fragen?«

Sanchez schüttelte den Kopf. Wie wollte der Mann einen Tatverdächtigen vernehmen, überlegte ich. Jeder Schwerverbrecher lachte sich bei der Piepsstimme doch halb tot.

»Das ist erst einmal alles, fürs Erste wenigstens«, sagte Garcia. »Wenn was ist, rufe ich an. Ich habe ja Ihre Nummer.«

Ich stand auf.

»Ich komme mit«, sagte Kommissar Sanchez.

Gemeinsam gingen wir durch den dunklen Gang zu der Schwingtür, die vom Kommissariat auf den Treppenflur führte. Sanchez öffnete einen Türflügel und ich glaubte, er wollte mir höflich die Tür aufhalten. Stattdessen knallte er mir die Tür so heftig gegen den Kopf, dass ich gegen die Wand taumelte und mich beinahe hingelegt hätte.

»Die Tür ist gemeingefährlich. Ich muss dem Hausmeister mal Bescheid geben, dass er das repariert«, sagte er.

Dann trat er dicht an mich heran und flüsterte mir mit seiner Fistelstimme ins Ohr: »Wenn ich die Ermittlungen leiten würde, gingst du jetzt nicht nach Hause, du Schwuchtel. Für mich bist du Tatverdächtiger Nummer Eins.«

Er ging durch die Tür, die noch einen Moment hin und her schwang. Benommen ging ich auf den Flur. Gerade kam ein Streifenpolizist aus dem oberen Stockwerk, sah mich an und sagte: »Ist Ihnen nicht gut? Sie sehen aus, als sei Ihnen der Teufel begegnet.«

»Nein, nur die Tür. Ich habe mich gestoßen.«

Der Streifenpolizist grinste. »Verstehe. Mit der Tür sollte man vorsichtig sein. Ich sah Kommissar Sanchez gerade die Treppe hinuntergehen.«

2

Liz hatte mir ihre Handynummer gegeben.

»Ich weiß, Jomo«, sagte sie, bevor ich etwas sagen konnte.

»Ich komme gerade vom Präsidium, Liz. Wir müssen uns dringend sehen.«

»Im Lokal oder im Park?«

»Nicht bei mir zu Hause. An einem belebten Ort mitten in der Stadt. Vielleicht in der Bahnhofshalle?«

»Wenn ich mich beeile, bin ich in einer halben Stunde dort«, sagte sie.

Wir setzten uns in die Cafeteria im Bahnhof. Es war abends, Rush-hour, viele Pendler waren unterwegs. Entsprechend belebt waren alle Cafés um den Bahnhof herum und auch die Cafeteria in der Halle. Ich erzählte Liz die Geschichte, soweit ich sie von Garcia kannte, aber nur den Teil, den ich ihr zumuten wollte. Die Drahtschlinge, die in Wahrheit eine Säge war, ließ ich weg. Das von meinem Sperma in Jomos Mund erzählte ich ihr.

»Der Kommissar sagt, jemand will mir ans Leder. Entweder man wollte mir die Morde anhängen und ich wandere für längere Zeit in den Knast, oder ich soll weich gekocht werden, bis ich durchdrehe und etwas sehr Dummes anstelle.«

Die Kellnerin kam vorbei und ich bestellte Espresso.

»Wo wohnst du jetzt, Liz? Bist du da sicher?«

»Ich bin nicht mehr im *Chéz Georgie.* Das Verhör der Polizei hat mich vertrieben. Ich wohne bei einer Freundin, sie kommt auch aus dem Senegal. Im Moment geht das, ihre Mutter ist verreist. In einer Woche ist sie zurück und dann muss ich von dort verschwinden.«

»Was hältst du davon, wenn wir uns beide ein Zimmer nehmen? In einem Vorort, vielleicht in Sagunto?«

»Ich habe kein Geld, ein Zimmer kann ich nicht bezahlen, auch kein halbes.«

»Das musst du auch nicht. Ich gebe sofort meine Wohnung auf, die Möbel stelle ich zu einem Spediteur. Ob ich die Wohnung bezahle oder ein Zimmer, macht für mich keinen Unterschied.«

»Es ist nett, dass du dir Sorgen um mich machst, aber ich will das nicht. Ich werde schon eine Bleibe finden, wo ich auch sicher bin. Betrachte es von meiner Seite - bevor ich dich kannte, war ich sicher. Heute kenne ich dich und bin es nicht mehr.«

Sie hatte recht. Wenn Garcia mit seiner Vermutung richtig lag, dann war jeder in meiner Umgebung gefährdet. Ich beugte mich vor und wollte ihre Hand nehmen, aber sie zog sie unwirsch zurück.

»Ich bin eine Nutte und du bist ein Kunde. Die letzte Nacht hat mir Spaß gemacht. Das reicht aber nicht für eine Liebesbeziehung. In meinem Gewerbe ist man realistisch, du bist ein Romantiker. Wir passen nicht zusammen.«

Sie sagte das ziemlich laut und einige Gäste sahen aufmerksam zu uns herüber.

»Gut, alles geklärt«, sagte ich. »Dann habe ich nur noch die Bitte, dass du sofort aus deiner jetzigen Unterkunft ausziehst. Ich möchte mich nicht an deinem Tod schuldig fühlen müssen. Das ist der Grund, weshalb wir hier sitzen.«

Sie sah mich an mit einem Blick, der weder traurig, noch feindselig war, eher gleichgültig.

»Beschaffe dir auch eine andere Telefonnummer. Über deine jetzige Nummer kann man dich sehr schnell finden.«

Wir standen in der Bahnhofshalle. »Solltest du mal Appetit auf Spaghetti haben, melde dich.« Ich meinte das versöhnlich.

»Und du meldest dich, wenn du einen Zwanziger übrig haben solltest. Dann ficken wir eine Nacht und alles ist wie früher.«

Ich ging zur Metro. Ich hatte nicht die Absicht, meine Wohnung aufzugeben. Jemand der nicht vor drei Morden zurückschreckt, würde mich überall finden.

In der einschläfernd ratternden Metro dachte ich darüber nach, wer so wütend auf mich sein könnte, dass er dafür Leute umbrachte. Es stimmte, ich hatte Feinde in Deutschland. Schulden bei mehreren Banken, beim Finanzamt, eine Bewährungsstrafe war noch offen. Einigen Leuten schuldete ich Geld, aber nicht so viel, dass man deshalb einen Mord begehen würde. Nein, wenn es um mich ging, dann musste der Mörder einen ganz anderen Grund haben. Einen von der Sorte, vor dem ich nicht wegrennen konnte.

In Benicalap stieg ich aus und tat das, was ich mir während der wenigen Tage mit Liz verkniffen hatte. Ich hatte noch einen Zehner in der Tasche. Im Supermarkt griff ich eine Flasche Brandy aus dem Regal und ging zu der Kasse mit meiner Lieblingsverkäuferin. Man muss seine Kontakte pflegen, auch wenn es bei mir vorrangig um Schnaps, Nutten und die Polizei ging. Als ich in der Schlange stand, fiel mir ein, dass hier noch ein paar Cent offen waren.

»Bolsa?«, fragte die nette Verkäuferin und ich antwortete: »Si, si, por favor.«

Ich gab ihr den Zehner und sie gab mir auf 5,97 heraus. Ich nahm das Wechselgeld und ließ ein 2-Euro Stück in ihrer Hand zurück.

»Para pasado y para mañana.«

Sie lächelte. Sie war eine nette Frau. Ein bisschen dick, aber mit einem Herz für Alkoholiker.

3

Während der folgenden Tage verließ ich das Haus nur, wenn ich nüchtern genug war, die Treppe hinunterzugehen, ohne mir den Hals zu brechen. Obwohl das eine so schlechte Variante auch nicht gewesen wäre. Stand ich unten auf der Straße, hatte ich nur ein Ziel - den Supermarkt. Eher nebenbei kaufte ich Brot, etwas Wurst und Käse. Viel wichtiger war der Brandy. Ein guter Stoff. Wenn sie mich erwischten, wollte ich möglichst sternhagelvoll sein und ich versuchte auch nicht, mich zu verstecken. Ehrlicherweise gebe ich zu, dass ich mich auch ohne die Bedrohung des Mörders so und nicht anders verhalten hätte.

Ich erwartete noch etwas Geld vom Verlag und ich rechnete mir aus, dass es ungefähr zwei Monate reichen würde. Einige Tage später überwiesen sie pünktlich meine Tantiemen, sogar etwas mehr. Es würde für drei Monate reichen.

Während meiner wenigen lichten Momente versuchte ich zu schreiben, wusste nicht was, hatte kein Konzept, keinen Titel, nicht einmal eine vage Idee. Ich schrieb über Irina, fiktiv und real, warf es weg, es war Blödsinn. Ich schrieb über Liz, auch fiktiv und real, und warf es auch weg. Ich wollte über Jomo und Kommissar Garcia schreiben, und weil ich trotz meiner alkoholisierten Sinne wusste, dass es nur dummes Gewäsch war, warf ich auch das weg und betrank mich. Ich trank auf nüchternen Magen, weil ich vergessen hatte, Brot zu kaufen.

Irgendwann gingen die Lichter aus. Als ich wieder zu mir kam, fand ich mich in der Küche auf dem Steinboden wieder. Beim Hinknallen hatte ich mir den Kopf an einer scharfen Kante des Gasherdes aufgeschlagen und blutete wie ein Schwein; der halbe Fußboden war eingesaut. Die Kopfwunde musste genäht werden, das begriff ich trotz meines Dämmerzustandes. Ich sah an mir herab. Meine Kleidung war total verdreckt. Alarmierte ich in dieser Verfassung den Notarzt, steckten sie mich für einige Wochen in die Psychiatrie.

Ich musste mir etwas Sauberes anziehen und auf eigenen Füßen in die Poliklinik gehen. Allein der Gedanke daran ließ es mir hochkommen. Ich schaffte es noch bis ins Badezimmer und kotzte den Rest meines Mageninhalts in die Badewanne. Was anschließend in der blutbeschmierten Wanne lag, sah aus wie ein größerer Teil meines Magens. Ich hatte heftiges Magenbluten.

Ich schaffte es, mich zu duschen, zog mir saubere Sachen an und machte mich auf den Weg zur Poliklinik. Besser gesagt, ich ging in die Richtung, denn alle paar Meter musste ich mich auf den Bordstein setzen, wenigstens an einer Hauswand abstützen.

Wenn mich die Leute, die laut Garcia angeblich hinter mir her waren, in diesem Zustand fanden, hatten sie leichtes Spiel. Ein leichter Schubs gegen die Brust würde mich ins Jenseits befördern. Mühsam ging ich die wenigen Hundert Meter bis zur Poliklinik, wollte dem Mann in der Anmeldung wortreich klarmachen, dass ich sofort einen Termin brauchte. Das war nicht nötig, denn heute gingen die Lichter ein zweites Mal aus.

Als ich wieder zu mir kam, lag ich in einem sauberen Bett

im Krankenhaus, war an ein Überwachungsgerät angeschlossen, hatte eine Kanüle in der Armvene und stank entsetzlich nach Desinfektionsmitteln.

Krankenhaus. Das war so eine Sache. Sie hatten vermutlich eine umfangreiche Akte über mich, so oft, wie ich hier war, ähnlich umfangreich, wie die Akte bei der Justiz in Deutschland. Mit der Justiz verhielt es sich, wie mit den Krankenhäusern - es waren immer Bagatellen. Magenbluten, Psychiatrie, Prellungen, Widerstand gegen die Staatsgewalt, ruhestörender Lärm, eine Flasche Brandy oder ein Laib Brot vergessen zu bezahlen; wie es so kam.

Anfangs waren sie im Krankenhaus immer sehr freundlich. Ungefähr so lange, wie ich mich gegen die Bevormundung nicht wehren konnte, weil sie mir Beruhigungsmittel über den Tropf verpassten. Je mehr ich zu Kräften kam, um so weniger akzeptierte ich ihre Therapie, bis der Moment kam, an dem ich mich selbst entließ.

Im Grunde war es ganz einfach. Ich musste sie nur lange genug ärgern, bis sie froh waren, mich loszuwerden. Zum Schluss kamen die üblichen Drohungen. Ich würde mein Leben aufs Spiel setzen, ich würde mich mit Alkohol umbringen, ich wäre eine Gefahr für meine Mitmenschen. Gefahr für Mitmenschen, das war gefährlich, denn das berechtigte sie, mich auch gegen meinen Willen festzuhalten. Ich durfte die Nummer nicht zu früh abziehen, das war der Trick dabei.

Zum guten Schluss versprach ich, nicht besoffen über eine Hauptverkehrsstraße zu laufen und ich unterschrieb den Wisch, mit dem ich mich entließ und die Ärzte, das

Krankenhaus und den lieben Gott von jeglicher Haftung befreite. Erfahrungsgemäß dauerte es eine Woche, bis ich wieder zu Hause war. Dieses Mal konnte ich mir nicht verkneifen, dem Oberarzt zu sagen, ich würde mich lieber mit Alkohol, als mit den Autoabgasen der Straßen Valencias umbringen. Er war sichtlich froh, als ich endlich durch die Tür ging.

Es war mühsam, mit der Straßenbahn nach Hause zukommen. Im Supermarkt kaufte ich nur ein paar Lebensmittel, keinen Brandy. Ich wusste, Alkohol würde mich umgehend ins Jenseits befördern. Oft war ich von mir selbst überrascht, denn trotz aller Versuche, mich mit Schnaps umzubringen, hing ich auf eine gewisse Weise am Leben. Durch die rosa vom Brandy verfärbte Brille war das Leben leichter zu ertragen; krepieren wollte ich trotzdem nicht.

Als ich endlich in meiner Wohnung ankam, legte ich mich erst einmal auf das Bett und dämmerte sofort weg.

Mehr im Unterbewusstsein hörte ich die Klingel, das heftige Klopfen und Wummern gegen die Tür. Ich öffnete. Es war Kommissar Garcia.

»Warum öffnen Sie nicht?«, herrschte er mich an. Garcia war in keiner guten Stimmung.

»Ich war im Krankenhaus.«

»Ich weiß, aber heute Mittag wurden Sie entlassen.«

»Was ist denn so dringend? Liegt wieder jemand ohne Kopf in der Kanalisation?«

»Exakt.«

»Wer ist es denn?«

»Liz. Sie haben mit ihr gefickt, ich brauche Sie für die Identifizierung«, sagte er rüde.

Um mich herum drehte sich alles und das war nicht mein Magenbluten. Ich hatte sie auf dem Gewissen. Sie hatte es mir in der Cafeteria im Bahnhof gesagt - ohne dich hatte ich ein kleines, wenn auch kompliziertes Leben. Seit ich dich kenne, laufe ich Gefahr, mein bisschen Leben zu verlieren.

4

Garcia fuhr mich persönlich, wollte wohl ganz sicher gehen, dass die Identifizierung korrekt ablief.

»Wie ist Liz gestorben?«, fragte ich Garcia, als wir über die *Calle San Pio* ins Leichenschauhaus fuhren. Es kostete mich große Mühe, diese Frage zu stellen.

»Erdrosselt. Ihr Kopf ist abgeschnitten. Keine Sorge. Die von der Forensik haben alle Körperteile notdürftig zusammengesetzt. Sie werden das überstehen.«

Überstehen. Was meinte Garcia damit? Wie kann ich das überstehen, damit weiter leben. In meinem Kopf hatte sich eine große Leere ausgebreitet. Erst Irina und ihr Tangotänzer, den ich nur vom Sehen kannte, dann Jomo, jetzt Liz. Das machte alles keinen Sinn. Wo war der Zusammenhang? Was hatte Liz damit zu tun?

Garcia sprach es aus. »Ich habe inzwischen Zweifel, dass das tatsächlich etwas mit Ihnen zu tun hat. Sie haben alle Opfer gekannt, aber einen Sinn ergibt das trotzdem nicht. Ich sehe keinerlei Zusammenhang.«

»Vielleicht ein Serientäter und alles andere ist Zufall?«

»Polizisten glauben nicht an Zufälle. Auch ein Serientäter hat ein Motiv, selbst wenn wir es oft nicht sofort erkennen. Niemand geht hin und sagt - ab heute bin ich Serientäter und säge Menschen die Köpfe ab. An einen Serientäter habe ich auch schon gedacht. Ihr Sperma in Jomos Mund passt nicht ins Bild. Dafür habe ich keine Erklärung.«

Wir erreichten die Universitätsklinik. In einem Anbau waren die Gerichtsmedizin und das Leichenschauhaus untergebracht. Garcia winkte dem Mann am Empfang zu, deutete mit dem Daumen auf mich und sagte: »Er gehört zu mir.«

Garcia ging vor mir durch den langen, etwas gewundenen schmalen Gang, der eine leichte Schräge abwärts hatte. Durch das gespenstische Licht der flackernden Neonröhren wirkte er wie ein Schlund, der in die Unterwelt hinabführte. Am Ende des Ganges befand sich eine Tür mit einem codierten Schloss. Garcia tippte einen Code ein, es klickte und die Tür sprang einen Spalt auf. Er schob sie ganz auf und winkte mir, ihm zu folgen. In einem kleinen Raum saß an einem Schreibtisch ein Mann in einem grünen Kittel. Wie Hades, der Wächter des Totenreiches. Er stand auf, als er Garcia sah. »Folgen Sie mir in die Leichenkammer«, sagte er.

Im Kühlraum war es eisig und ich zitterte vor Kälte und noch mehr vor Erschöpfung und innerer Leere. An der langen Wandseite sah ich Klappen wie die Front großer Karteikästen. Der Mann aus dem Vorraum überlegte einen Moment.

»Hier habe ich sie, Fach 17.«

Er zog das Fach auf. Eine Bahre rollte auf Teleskopschienen heraus, ein grünes Laken, darunter zeichneten sich die

Umrisse eines Körpers ab. Unter dem Laken ragten die Füße hervor, an einem Zeh hing eine Pappkarte. Der Mann nahm die Karte. »Elizabeth Obako aus dem Senegal?«

Garcia nickte. Der Mann zog das Laken vom Gesicht der Toten und winkte mir. Ich hatte einen dicken Kloß im Hals. Langsam trat ich an die Bahre heran. Herrgott Liz, warum nur. Ich habe dich sehr gemocht. Nicht nur deinen Körper, auch dein Lachen.

Den Hals der Leiche hatten sie dick mit Mullbinden und Klebeband bandagiert. Ich sollte die grauenhaften Verstümmelungen nicht sehen. Ich betrachtete das Gesicht. Es war nicht mehr tiefschwarz, es war grau, wie kalte Asche. Die rotblaue, nass-glänzende Schminke, die Liz gerne benutzte, war verschwunden, von den Forensikern abgewaschen.

Ein eigenartiges Gefühl kroch mir den Rücken hoch.

»Können Sie das Tuch ganz wegziehen?«, bat ich.

Der Mann nickte und zog das Tuch vollständig zur Seite. Ich betrachtete die Brust, den Bauch, die langen, schlanken Beine, Haaransatz, die Lippen, die Füße.

»Und?«, fragte Garcia. »Ist das Elizabeth Obako?«

Sehr offiziell klang die Frage. Ich zögerte, überlegte fieberhaft. Wirre Gedanken schossen mir durch den Kopf. Garcia wollte eine Antwort.

»Ja«, sagte ich. »Das ist sie.«

»In Ordnung. Alles erledigt«, sagte Garcia zu dem Mann. »Gehen wir. Hier ist es ja kalt wie in der Hölle.«

Wir verließen den Raum und gingen durch den langen dunklen Gang mit den flackernden bläulichen Neonlampen.

Jetzt führte der Gang schrägt nach oben, heraus aus dem Hades. Auf dem Weg zum Ausgang kamen wir an der Cafeteria des Krankenhauses vorbei.

»Möchten Sie einen Kaffee oder sonst etwas?«, fragte Garcia.

»Danke, nein. Ich will nur nach Hause. Lässt sich das einrichten?«

»Natürlich. Ich fahre Sie.«

Im Auto fragte er: »Sie sind sicher, die Tote ist Liz, Elizabeth Obako? Sie haben die Leiche sehr genau betrachtet.«

»Ja. Ich bin sicher.«

»Können Sie morgen ins Büro kommen? Ich werde nicht da sein, ich hinterlasse im Sekretariat das Protokoll. Sie müssen es unterschreiben, das ist so etwas wie eine Zeugenaussage.«

»Kein Problem«, sagte ich. »Nachmittags so gegen 3 Uhr? Ich bin immer noch reichlich angeschlagen.«

5

Mühsam stieg ich die vier Treppen zu meiner Wohnung hinauf. Ich war in Schweiß gebadet, als ich endlich vor der Tür stand. Ich kochte eine Tasse leichten Tee und setzte mich an den Esstisch, an dem ich vor nicht langer Zeit mit Liz Spaghetti gegessen hatte.

Die Tote war nicht Liz. Es war eine schwarze Frau im gleichen Alter wie Liz. Nach Hautfarbe und Körperbau war sie vielleicht Senegalesin, aber Liz war es nicht. Die Tote im Leichenschauhaus war etwas korpulenter, nur wenig, aber deutlich sichtbar. Liz hatte die Figur einer Tänzerin und man sah jede Rippe. Der Tod verändert Leichen, lässt sie schrumpfen, noch magerer werden. In Afrika hatte ich Leichen gesehen, die mehrere Tage in der Sonne gelegen hatten. Sie waren aufgequollen, aufgeplatzt und vermodert, von wilden Tieren angefressen und trotzdem geschrumpft.

Und da war noch etwas und das war eindeutig. Liz hatte eine makellose Haut. Bis auf eine kleine, etwas hellere Narbe auf der linken Seite des Brustkorbs, ziemlich weit oben dicht unter der Achsel. Die Tote im Leichenschauhaus hatte keine Narbe an dieser Stelle, dafür eine ältere, etwas wulstige Narbe am rechten Oberschenkel. Nicht breit und tief, trotzdem deutlich zu erkennen. Ich hatte Liz' Körper bei unseren Sexspielen gründlich erforscht, kannte alle Besonderheiten bis in die letzte Hautfalte. Die Tote im Leichenschauhaus war nicht Liz.

Ich musste sie suchen und nur ich konnte das tun, durfte es nicht der Polizei überlassen. Deshalb hatte ich gerade die Tote als Liz identifiziert und ich würde auch das Protokoll unterschreiben, wissentlich meine Falschaussage bestätigen.

Ich trank den Tee. Etwas essen und wieder zu Kräften kommen, das war jetzt wichtig. Ich nahm meine Umhängetasche vom Haken, in der sich der Einkauf bequemer nach Hause tragen ließ und ging in den Supermarkt.

Dort griff ich einen fahrbaren Einkaufskorb vom Ständer und kaufte Brot, etwas Gemüse, Kartoffeln, Fischfilet und Marmelade. Mit dem Korb ging ich zur Kasse zu meiner netten Kassiererin, räumte alles in meine Tasche und bezahlte. Brandy hatte ich nicht gekauft, der war vorerst tabu. Für das, was ich jetzt zu tun hatte, brauchte ich einen klaren Kopf.

Zu Hause räumte ich meine Einkäufe in den Kühlschrank, schnitt Brot und kochte frischen Tee. Dann holte ich mehrere Blätter Papier, setzte mich an den Esstisch, aß Brot mit Marmelade und trank den Tee.

Ich kritzelte Notizen auf ein Blatt, strich sie durch, ergänzte sie, knüllte das Blatt zusammen und schob es beiseite, nahm ein neues Blatt. Mit der gleichen Methode, mit der ich ein Konzept für eine Kurzgeschichte oder einen Roman erarbeitete, durchdachte ich die Ereignisse der letzten Wochen. Bei einem Roman waren es oft zehn oder mehr Blätter und zum Schluss blieben nur ein oder zwei übrig, mit den wenigen Sätzen, welche die gesamte Logik der Handlung beschrieben.

Nach drei Stunden, noch mehr Tee und Marmeladenbroten lagen vor mir zwei Blätter mit dem Ergebnis. Garcia hatte recht, der Schlüssel war mein Sperma in Jomos Mund. Es gab keine, auch nicht die geringste Möglichkeit, wie es auf normalem Wege hätte dorthin gelangen können. Liz und ich waren dermaßen gierig auf Sex gewesen, dass wir nicht an Kondome gedacht hatten. Wir wussten beide, dass Kondome nur schützen, wenn man sich beim Geschlechtsverkehr auf die üblichen Praktiken beschränkt - Penis rein, rauf, runter, rauf, runter - fertig. Wir hatten es in einer Weise getrieben, bei der Kondome nicht schützen. Folglich konnte niemand ein von uns benutztes Kondom dafür verwendet haben, mein Sperma in Jomos Mund zu spritzen.

Die Polizei hatte meinen genetischen Fingerabdruck. Vor

nicht allzu langer Zeit hatte man ihn routinemäßig erfasst, als sie mich total fertig auf der Straße aufgegriffen hatten und mehrere Tage wegen '*Störung der öffentlichen Ordnung*' einsperrten. Eine Lappalie. Die DNA-Analyse hatten sie durchgeführt, weil ich Ausländer bin. Es gab nur eine vernünftige Erklärung. Jemand hatte die Ermittlungsakten manipuliert, hatte meinen genetischen Fingerabdruck als Ergebnis der Forensik in Jomos Akte geschmuggelt. Nur jemand mit Zugang zum Computernetzwerk der Polizei konnte das getan haben.

Kapitel 6 - Straßenstrich

1

Ich schlief bis weit in den nächsten Vormittag, duschte ausgiebig und frühstückte geruhsam. Dann sichtete ich die Bilder, die ich für Liz' Bewerbung aufgenommen hatte. Ich hatte alle Bilder auf meinem Computer gespeichert, auch die sehr privaten Aufnahmen.

Die vier aussagekräftigsten Fotos kopierte ich auf einen Flash-Speicher und ging in einen Fotoladen auf der Avenida Burjassot. Eine Stunde später hielt ich zwölf Ausdrucke in der Größe DIN-A5 in der Hand. Der Verkäufer hatte sie auf stabilen weißen Karton gedruckt; lappige Papierbilder würden nicht lange aushalten, was ich damit vorhatte.

Der Straßenstrich beginnt an der *Plaza San Augustin* und geht über die *Calle San Vicente Martir* bis zur *Plaza del Ayuntamiento.* Wenn man Richtung *Ayuntamiento* geht, dann ist den Huren die rechte Seite vorbehalten, in Fahrtrichtung des Autoverkehrs. Sie stehen dort in eindeutiger Haltung am Bürgersteig, oder an die Hauswand gelehnt, ein Bein angewinkelt und den Absatz ihrer High Heels an die Wand gedrückt. Ich wusste, vor 23 Uhr würde ich kaum eine Hure antreffen. Danach sind sie in der Innenstadt überall unterwegs, stehen auf der *Plaza de la Reina* und am Haupteingang der *Catedral de Santa María.*

An der *Plaza San Augustin* begann ich mit meiner Suche. Es war eigentlich zu früh, aber ich sah eine Frau in der typischen Haltung. Sehr kurzer Rock, ein Bein angewinkelt gegen die Hauswand gestemmt, eine Latina. Ein kurzer Rock ist kein eindeutiges Indiz für eine Nutte. Noch in reiferem Alter tragen die Frauen Valencias sehr kurze Röcke.

Ich ging auf sie zu und sie sah mir lächelnd entgegen. Treffer, dachte ich.

»Hallo«, sagte ich. »*Como estas*?«

»*Muy bien*. Suchst du ein Abenteuer?«

»Ich suche eine Frau.«

Sie lächelte. »Da bist du bei mir richtig. Was stellst du dir vor?«

»Du verstehst mich falsch.«

Ich zog das Foto von Liz aus der Tasche. »Diese Frau suche ich. Sie ist verschwunden.«

Furchtsam sah sie mich an. »Du bist ein Polizeispitzel. Lass mich bitte gehen, ich weiß, ich bin zu früh hier. Ich blase dir auch sofort einen, wenn du mich dann laufen lässt.«

Sie drehte sich um und wollte eilig weggehen.

»Moment, hab keine Angst. Ich bin kein Spitzel. Ich suche wirklich nur diese Frau.«

Sie blieb stehen, sah mich zweifelnd an, auch etwas enttäuscht. Sie hatte in mir den ersten Kunden des Abends vermutet.

»Zeig her«, sagte sie und blieb stehen. In diesem Moment bog ein Polizeiwagen um die Ecke und rollte langsam auf uns zu. Ängstlich blickte sie zu dem immer näher kommenden Wagen.

»Keine Angst.« Ich nahm ihren Arm und zog ihn in

meine rechte Armbeuge. »Wir gehen jetzt ein paar Schritte nebeneinander und nichts wird passieren. Wie heißt du?«

»Maria.«

Wir gingen ein paar Meter, der Polizeiwagen fuhr langsam an uns vorbei, beschleunigte dann.

»Nichts passiert. Was ist jetzt. Kennst du die Frau?«

»Zeig noch mal her.«

Ich zeigte ihr das Bild. »Nie gesehen. Lass mich gehen. Meine Kunden kommen jetzt.«

Sie zog ihren Arm von mir weg und ging langsam in die Richtung, aus der wir gekommen waren.

Ich sah die Straße entlang, der Polizeiwagen hatte alle Frauen vertrieben. Dann kamen sie vorsichtig aus den Hauseingängen gegenüber, überquerten die Straße und schlenderten langsam auf dieser Seite auf und ab.

Ich ging auf die nächste Frau zu. Bevor ich etwas sagen konnte, fauchte sie mich an: »Verpiss dich.«

Sie musste das Gespräch eben mitbekommen haben.

Ich ging weiter Richtung Plaza Ayuntamente und sprach die nächste an. Sie lächelte und sagte: »Blasen kostet dreißig.«

Das war der Standardpreis auf der Straße.

»Ich bin kein Kunde, ich suche jemanden.«

Sie wiederholte: »Blasen kostet dreißig und Ficken von hinten im Stehen in einer dunklen Seitenstraße fünfzig.«

Frustriert ging ich weiter.

Es ging auf Mitternacht und immer mehr Frauen standen auf den Bürgersteigen. In Abständen von zwanzig Metern warteten sie, manche alleine, andere zu zweit. Merkten sie, dass ich kein Freier war, ließen sie mich stehen, oder beschimpften mich - Verrückter, Idiot, verpiss dich, versau mir nicht mein Geschäft. Ab und zu ließ sich eine dazu herab, mit mir zu reden und das Bild zu betrachten. Keine Frau erkannte Liz.

Von dem Polizeiwagen blieben die Frauen in dieser Nacht verschont, wenigstens solange ich dort unterwegs war. Jetzt setzte auch der nächtliche Autokorso ein, die Kundschaft der Frauen rollte heran. Es saßen meistens zwei oder mehr Männer im Wagen. Sie verhandelten eine Weile durch das heruntergelassene Fenster, oft stieg ein Mann aus und ging mit einer Frau in eine der schmalen dunklen Gassen. Tagsüber gehörte diese Ecke zur mondänen Einkaufszone Valencias. In den Gassen standen große Blumenkübel. Zwischen den Kübeln, in den Hauseingängen der Geschäfte, lehnten Männer an der Wand, Frauen knieten vor ihnen. In einem Schaufenster hatte man vergessen, eine Reklame auszuschalten. In dem schwachen Lichtschein sah ich eine Frau, die sich auf den Rand eines Blumenkübels stützte, den Rock hatte sie über die Hüften hochgezogen. Dem Mann war die Hose bis auf die Knie gerutscht. Er fickte die Frau im Stehen. Einen Moment ging mir durch den Kopf, ob Liz hier auch gestanden haben könnte. Nein, eher nicht. Wenn doch, dann spielte es keine Rolle. Wir waren beide Strandgut. Irgendwo über Bord gegangen und in Spanien angeschwemmt. Liz im Senegal und ich ... wo war ich über Bord gegangen? Ich wusste es nicht mehr. Es war zu lange her.

Ich war müde, brauchte einen Kaffee. Kurz vor der *Plaza*

de Ayuntamiento fängt eine schmale Fußgängerzone mit einigen Cafés an, die bis in die frühen Morgenstunden geöffnet haben. Ich bog gerade rechts in die Straße ab, als quietschend ein Fahrzeug hinter mir hielt. Es war ein VW-Bus, sah ich gerade noch, als ich mich umdrehte. Die Schiebetür wurde krachend aufgerissen, Kerle sprangen heraus, ich glaube drei, und zerrten mich in den Wagen. Einer zog mir einen Sack über den Kopf und ein anderer versetzte mir mit einem Knüppel einen Schlag gegen die Schläfe. Der Schlag war schmerzhaft, ließ mich aber nicht K.o. gehen. Polizei war das nicht.

2

Der Wagen hielt und brutal zerrten sie mich von der Ladefläche. Wir waren eine Stunde gefahren, vielleicht auch nur zehn Minuten. In solchen Situationen mit einem Sack über dem Kopf, der nach vergammelten Kartoffeln stinkt, verliert man schnell jegliches Zeitgefühl. Sie packten mich rechts und links an den Armen und führten mich mit dem Sack über dem Kopf einen sandigen Weg entlang. Ich stolperte mehrmals, rüde rissen sie mich hoch und schleppten mich weiter. Durch das raue Sackleinen atmete ich frische gute Luft. Wir mussten außerhalb Valencias sein. Die Innenstadt Valencias mit seiner verdreckten Kanalisation stinkt wie eine Kloake.

Dann klangen unsere Schritte hohl, ein Flur mit Steinfußboden. Es wurde stickig, ich roch Öl und Benzin. Eine Garage oder eine Reparaturwerkstatt. Sie zerrten mich auf einen Stuhl und fesselten meine Füße an die Stuhlbeine und meine Arme hinter die Lehne. Ein messerscharfer Schmerz zuckte mir durch die Schultergelenke. Sie hatten die Sehnen überdehnt.

Totenstille. Ich war alleine im Raum. Ich versuchte, eine bessere Position für meine Arme zu finden. Die Stricke saßen zu fest und schnitten mir bei meinen vergeblichen Bemühungen nur tiefer in die Handgelenke.

Nach einigen Minuten hörte ich Quietschen und Scheppern, eine metallene Tür war aufgegangen. Nach dem Scharren der Füße mussten es mindestens zwei, wenn nicht drei Personen sein. Stühle scharrten.

»Wer bist du? Bist du ein Spitzel?«

Der Mann war kein Spanier.

»Ich bin Luca und ich bin kein Spitzel.«

»Warum suchst du diese Frau?«

»Sie ist verschwunden. Ich muss sie warnen. Man ist hinter ihr her.«

Immer der gleiche Mann befragte mich. Ich hörte Flüstern, sie berieten sich und ich nutzte die Unterbrechung.

»Wenn ihr mich noch lange auf diesem Stuhl gefesselt sitzen lasst, könnt ihr mich auch gleich beerdigen.«

»Das werden wir vermutlich sowieso tun.«

Der Sprecher war eindeutig Senegalese. Ich hörte es an dem Singsang, der leicht französischen Färbung, die ich von Liz so gut kannte.

Ich riskierte es. »Êtes-vous du Sénégal?«

Schweigen. Der Mann sprach jetzt Französisch und die Überraschung war ihm deutlich anzuhören.

»Comment savez-vous?«

»Den Akzent kenne ich von der Frau, die ich suche. Sie kommt aus dem Senegal.«

Sie tuschelten und ich hörte Stühle rücken. Jemand nestelte an meinen Fußfesseln und lockerte sie etwas. Dann löste er meine Handfesseln.

»Merci.«

Erleichtert nahm ich die Hände nach vorne, massierte meine Handgelenke und ließ die Arme kreisen.

»Warum suchst du die Frau?«

Sie waren offenbar ratlos, ihnen fielen keine Fragen ein. »Ich sagte es schon. Sie ist in Schwierigkeiten und ich muss sie warnen.«

»Was für Schwierigkeiten?«

»Das hängt mit der Polizei zusammen. Ich muss ihr das persönlich sagen.«

»Sag uns, was du weißt. Dann sehen wir weiter.«

Ich musste diesen blöden Sack loswerden.

»Woher weiß ich, dass ihr nicht von der Polizei seid?«

Er kicherte. »Bestimmt nicht.«

»Ich kann euch nicht sehen, ich glaube euch nicht. Ihr seid Polizisten.«

Sie tuschelten wieder und einer trat hinter mich und zog mir den Sack vom Kopf. Ich hatte recht. Sie waren nicht nur schwarz, sondern tintenschwarz. Seit ich Liz kenne, meine Lieblingsfarbe, dachte ich in einem Anflug von Galgenhumor.

»Jetzt siehst du es. Wir sind keine Polizisten. Sag uns, was du weißt.«

Ich musste es riskieren, es war meine einzige Chance.

»In Valencia ist ein Serienkiller unterwegs. Mit einer der Ermordeten war ich verheiratet. Zwei weitere Personen sind ermordet worden und mit beiden hatte ich zu tun. Ich kenne auch die Frau auf dem Foto. Sie könnte das nächste Opfer werden. Ich muss sie dringend sprechen, sie schwebt in Lebensgefahr.«

Sie sahen sich ratlos an und der bisher geschwiegen hatte, sagte: »Wir kennen die Frau. Wir wissen aber nicht, wo sie jetzt ist. In einem Punkt irrst du dich. Es sind nicht nur drei Menschen ermordet worden, sondern acht. Ausnahmslos Mädchen, die für uns gearbeitet haben.«

Die beiden waren Zuhälter und jemand brachte ihre Geldquellen um.

»Gehörte Liz zu euch?«

»Die Frau auf dem Foto? Nein. Sie arbeitet sporadisch auf eigene Rechnung.«

Ich wusste nicht recht weshalb, aber die Antwort gefiel mir.

»Wie ist das mit den anderen Mädchen passiert? Wieso weiß die Polizei nichts davon?«

»Die *Flics* wissen das, wollen es aber nicht bekannt geben; sie befürchten eine Panik. Wenn sich das herumspricht, ist der Tourismus am Ende, keine Sex-Touristen, keine normalen Touristen. Nicht einmal Besucher, die nur die Kathedrale besichtigen wollen, werden dann noch kommen.«

Und mittendrin Liz und ich offenbar auch. Jetzt verstand

ich auch, weshalb Garcia mich so schnell aus der U-Haft entlassen hatte. Mit Liz' Zeugenaussage hatte sein Meinungsumschwung wenig zu tun. Er wusste, dass ich nicht der Täter sein konnte. Ich war lediglich ein vorübergehendes winziges Plus in seiner Erfolgsbilanz.

»Wisst ihr, wer es sein könnte, ist es einer aus euren Kreisen?«

»Wir bringen doch nicht unsere eigenen Mädchen um. Kannst du dir die Panik vorstellen? Keine will mehr auf die Straße.«

»Die anderen Opfer, wer war das?«

»Nur Mädchen von uns.«

»Habt ihr etwas zu trinken? Ich habe von dem Sack einen miesen Geschmack im Mund.«

Sie zögerten. Dann sagte einer: »Augenblick«, stand auf und verließ den Raum. Er kam mit einem Glas Wasser zurück. »Du kannst es trinken, ist nicht aus der Leitung.«

Gierig schüttete ich das Wasser hinunter.

»Nachdem wir uns so gut verstehen, solltet ihr mich losbinden und dann reden wir wie vernünftige Menschen. Ich glaube, wir können uns gegenseitig helfen, ich habe einen guten Draht zum Leiter der Mordkommission. Und ich will Liz helfen.«

»Warum bemühst du dich so um diese Liz?«

Ich zögerte mit der Antwort. »Ich mag sie«, sagte ich dann.

Einer stand auf und band meine Füße von dem Stuhl los. »Ich bin Luca, das wisst ihr schon. Wer seid ihr?«

Sie sahen sich an und der Schweigsame nickte. »Ich bin Jules, das ist Louis.«

Sie waren beide so etwa dreißig und für mich im Moment viel wichtiger - sie machten keinen gewalttätigen Eindruck.

»Wir kennen Liz nicht, aber eins der Mädchen hat sie auf deinem Foto erkannt. Sie haben sich öfter gesehen, als Liz gerade aus dem Senegal kam.«

»Werdet ihr mir helfen, Liz zu finden?«

»Wir werden dir helfen, weil wir den Killer finden müssen. Unser Geschäft geht langsam aber sicher den Bach runter.«

Er sagte das wie ein Gemüsehändler, dem die Bananen in der Sonne schlecht werden. Trotzdem machten die beiden keinen üblen Eindruck. Der eine verkauft Schnaps, der andere Frauen - *c'est la vie.* Es stand mir nicht zu, schlecht über Louise und Jules zu denken.

»Besorge uns Kopien von den Bildern. Die verteilen wir an unsere Mädchen, die Junkies und wen wir sonst noch in Valencia kennen. Die Mädchen sollen mit einem Bild von Liz die Puffs und Lokale abklappern, die Kellner befragen. Vielleicht haben wir Glück. Valencia ist kein Dorf.«

»Habt ihr Telefone, Handys?«

Sie zögerten. Dann zog Jules ein Handy aus der Tasche: »Gib mir deine Nummer.«

Ich nannte sie ihm und er tippte meine Nummer ein, es klingelte bei mir. »Du auch«, sagte er zu Louis. Mein Handy klingelte ein zweites Mal.

»Hoffen wir, dass die Polizei nicht dein Telefon

überwacht. Wenn doch, sind wir im Arsch. Wir schmieren ein paar von der Sitte, unsere Telefonnummern haben sie trotzdem nicht.«

»Habt ihr auch mit Drogen zu tun?«

»Warum fragst du. Brauchst du Stoff?«

»Ich habe nicht gerne mit Dealern zu tun.«

Jules lachte leicht. »Keine Sorge. Mit Drogen machen wir nichts, das ist viel zu gefährlich. Unsere Mädchen lässt die Polizei durchgehen, aber keine Drogen. Das war deren Bedingung. Höchstens, dass wir mal einem Mädchen etwas besorgen, wenn es einen moralischen Durchhänger hat.«

»Soll das heißen, die Polizei billigt Prostitution?«

»Eine wichtige Einnahmequelle der Region ist der Tourismus und der Sextourismus nimmt zu. Den Rest überlasse ich deiner Fantasie.«

3

Jules fuhr mich in meine Wohnung und ich holte den Flash-Speicher mit den Aufnahmen von Liz. Im Fotoladen ließ ich zusätzliche Bilder drucken und gab sie Jules.

»Verteile die Bilder und fang schnellstens an mit der Suche. Ich mache mir Sorgen um Liz.«

Er sah mich sonderbar an. »Das ist nicht das typische Verhältnis zwischen einer Nutte und ihrem Freier«, sagte er.

»Liz ist durch mich in Schwierigkeiten geraten, das ist alles«, was natürlich so nicht stimmte.

»Gehen wir ins *Chéz Georgie*.«

»Kennst du den Laden?«, fragte ich überrascht.

»Jomo war mein Bruder. Ich will den Kerl schnappen, der unsere Mädchen ermordet und der auch ihn auf dem Gewissen hat. Es muss der gleiche Täter sein, es ist die gleiche Handschrift.«

Er ließ den Wagen am Park stehen und wir gingen schweigend die paar hundert Meter zum Lokal. Jomo war sein Bruder. Jules würde mir helfen.

Im *Chéz Georgie* wurde Jules mit großem Hallo empfangen, er schien mit den meisten Männern gut bekannt zu sein. Lautstark unterhielten sie sich in *Wolof,* die im Senegal am häufigsten gesprochene Eingeborenensprache. Mehrmals zeigte Jules auf mich und die anderen nickten.

»Was zu trinken?«, fragte mich einer auf Spanisch.

»Kaffee bitte.«

Sie redeten weiter in ihrer Sprache, bis Jules unvermittelt ins Spanische wechselte.

»Ich habe ihnen erklärt, wer du bist. Vom Sehen kennen dich Einige. Wenn du Probleme hast oder Hilfe brauchst, werden sie dir helfen.«

Die Männer am Tisch nickten.

Jules stand auf. »Gehen wir.«

Wir verließen das Lokal und zum ersten Mal, seit Liz verschwunden war, spürte ich leise Hoffnung, ich würde sie finden.

»Wir fahren in die Stadt. Jetzt um diese Zeit ist in den Bordellen noch wenig los, da haben die Mädchen Zeit, mit uns zu reden.«

Jules war ein ziemlich großer Kerl, mit seinen etwa 1,90

war er mir auf dem Weg zum Wagen immer einen Schritt voraus. Etwa 35 Jahre musste er sein und nach seinem Spanisch zu urteilen, lebte er schon längere Zeit hier. Er trug verwaschene Jeans und ein buntes Hemd über der Hose. Wie viele sehr große Menschen ging er etwas gebeugt. Er war dürr wie eine Zaunlatte, hatte eingefallene Wangen, aber seine muskulösen Arme und sein Händedruck ließen ahnen, dass er hart wie Stahl war.

Wir fuhren ins Zentrum und Jules parkte den Wagen in einer Seitenstraße der *Plaza España*. Durch ein Gewirr von schmalen Seitenstraßen, die scheinbar nur von Schwarzen und Latinos bewohnt waren, kamen wir zu einem hell beleuchteten Hauseingang. *Club Paris* stand auf der Leuchttafel über der Tür. Frauen gingen langsam vor dem Eingang auf und ab oder lehnten gegen die Hauswand. Dicke schwarze Frauen und Latinas, in knallenge Hotpants gezwängt, so eng, dass ich mich fragte, wie sie die Hosen mehrmals in der Nacht aus- und wieder anziehen würden. Frauen mit attraktiven Figuren, bis sie sich umdrehten, und ich ihre verlebten Gesichter sah. Sie trugen High Heels, so hoch, dass sie wie auf Stelzen gingen. Extrem dünne Frauen, den Drogenrausch sah ich ihnen auf mehrere Meter Entfernung an. Ich kannte einige Bordelle in Benicalap und auch in der Altstadt nahe der Plaza de la Virgen. In diesem Viertel war ich noch nie. Das hier war die Kehrseite des glamourösen Valencias.

»Es ist wenig los. Die Mädchen haben Zeit für uns.«

Er sprach mit einem Schwarzen im Eingang und wir gingen durch in einen größeren Raum mit Theke und Schnapsregal an der Wand. An den Wänden hingen Poster nackter

Frauen, mit gespreizten Beinen, ohne Spielraum für Fantasie, weiße Frauen, Schwarze, Asiatinnen. Hinter dem Tresen stand ein Schwarzer und polierte Gläser. Jules zeigte ihm die Fotos von Liz. Der Mann schüttelte den Kopf. Er drückte auf einen Klingelknopf und mehrere Frauen kamen herein. Sie hatten im Moment keine Freier. Einige waren Spanierinnen, Latinas, eine sah russisch aus, vielleicht auch nur, weil sie mich an Irina erinnerte. Eine Asiatin, sehr groß mit kasachischen Gesichtszügen, vielleicht Mongolin. Manche schlank, einige füllig, manche so dick, dass sie nicht mehr richtig gehen konnten, nur watscheln. Eine Spanierin mit einer auffallenden Igelfrisur trug die typische Ledermontur einer Domina, breiter Ledergürtel, schwarze Lackkorsage, schwarzes Lederhalsband mit einer großen Schließe und Lackstiefeln, die wie eine Hose ihre Beine bis zum Oberschenkel bedeckten. Die Peitsche, die zu ihrem Outfit gehörte, hatte sie sicher in ihrem Zimmer gelassen. Sie waren alle mehr oder weniger bekleidet, mit Netz-Korsagen, oder hatten Kimonos übergezogen.

Einigen Gesichtern sah ich an, dass sie eben noch Kunden abgefertigt hatten. Ihr Make-up war von Oral-Verkehr verschmiert. Sie standen so dicht um mich herum, dass ich nicht sehen konnte, wie viele es waren. Mehr als zehn jedenfalls. Einige rauchten, was in Spanien in geschlossenen Räumen verboten ist. Süßlich, wie es roch, war es auch kein Tabak, sondern Marihuana. Über allem hing der aggressive Geruch nach Puder, Parfüm und Schweiß.

Der Barkeeper erklärte ihnen, was wir wollten und die Fotos gingen von Hand zu Hand. Bevor jemand etwas sagte, sah ich an ihren Gesichtern - niemand kannte Liz.

»Gehen wir«, sagte Jules. »Das ist unsere erste Station heute Nacht.«

Auf der Straße herrschte inzwischen lebhafter Verkehr. Autos rollten im Schritttempo durch die Straße, Männer blickten aus dem Fenster, begutachteten die Frauen. Gegenüber hatten Autos angehalten und neben den heruntergedrehten Fenstern standen Frauen in provozierend kurzen Röcken oder knallengen Hotpants aus Lackleder.

Wir gingen einige Straßen weiter und die Gegend wurde noch finsterer und schmutziger. In der Innenstadt Valencias wird für das Familienalbum fotografiert. Hier lassen die sexhungrigen Touristen ihr Sperma.

Über dem nächsten Bordell gab es keine knallige Neonbeleuchtung. Der Hauseingang war ein dunkler, übel riechender Tunnel. Frauen standen vor der Tür und in dem Hauseingang. Autos fuhren langsam an den Frauen vorbei. Ein Fahrzeug hielt und der Beifahrer drehte das Fenster herunter. »30 Euro«, rief einer aus dem Auto und die Frau rief: »Für 30 nur Blasen.«

Sie drehte ihnen den Hintern zu. »50 Euro«, rief sie und wackelte gekonnt mit dem Arsch. Ihren kurzen Rock zog sie noch höher, spreizte die Beine und ich sah, dass sie keinen Slip trug.

Wir gingen weiter durch die Nacht. Im nächsten Puff bekam ich den Dialog zwischen einem Mann aus dem nördlichen Europa und einer Hure mit. Der Mann sprach kein Spanisch, die Frau kein Englisch, es war kompliziert. Der Mann versuchte mit Händen und Körperbewegungen zu erklären, was er wollte. Seltsam komisch wirkte er bei seiner varietéreifen Vorstellung, er schien sehr schüchtern zu sein. Weiß der Teufel, was ihn hierher verschlagen haben mochte. Die Frau hörte sich sein Kauderwelsch an und versuchte seine Körpersprache zu deuten.

Schließlich drehte sie sich kichern zu den anderen Nutten um und rief: »Culo para viente.« Der Mann wollte sie in den Arsch ficken, hatte aber nur 20 Euro.

Wir zeigten die Bilder von Liz herum und ich sah nur Kopfschütteln.

Es war inzwischen so gegen 4 Uhr morgens. »Gibt es hier irgendwo Kaffee?«, sagte ich zu Jules.

»Im nächsten Laden.«

Im nächsten Puff gab es nicht nur Frauen, sondern auch Drogen alle Art, und ausgerechnet hier erinnerte sich eine Frau an Liz.

»Früher haben wir uns öfter gesehen. Das war, als ich noch auf der Straße war.«

»Weißt du, wo sie jetzt ist?«

»Nein. Geht ins *La Charme*. Sie wird da nicht arbeiten, aber eine gute Freundin von ihr schafft dort an.«

»Weißt du den Namen von der Freundin?«

Sie schüttelte den Kopf. Inzwischen war ich auch davon überzeugt, dass die eine oder andere Frau Liz kannte, es aber nicht zugab, weil sie uns nicht traute.

Auf der Straße sagte Jules: »Das *La Charme* kenne ich nicht. Die Bordelle wechseln oft die Besitzer und auch die Namen. Ich gehe hinein und frage den Manager.«

Ich stand auf dem Bürgersteig und eine Frau steuerte sofort auf mich zu, eine Latina.

»Sprichst du Spanisch?«

Ich nickte.

»Was soll ich für dich tun? Hast du besondere Vorlieben? Wir können auch zu mir nach Hause gehen, da ist es gemütlicher. Das ist nicht weit. Normal Ficken, blasen, du kannst mich auch in den Arsch ficken. Soll ich noch eine Freundin mitnehmen? Du fickst mich und sie leckt dir dabei die Eier.«

»Danke«, sagte ich, »aber ich warte hier auf einen Freund.«

»Ist der gerade drin, schiebt eine Nummer und dich lässt er hier stehen?«

Sie drängte sich an mich, hob ihr Knie an und rieb es an meinem Schwanz. »Keine Lust?«

Sie war ungefähr 40 Jahre alt und sah aus wie 60.

»Du bist ein bildhübsches Mädchen, siehst aus wie 30«, sagte ich. »Ich würde auch gerne mit dir mitgehen, aber ich habe nicht genug Zeit. Zum Vögeln soll man sich Zeit nehmen.«

Sie hatte ein Mitleid erregendes Lächeln und ich wollte ihr eine Freude machen.

»Du bist sehr attraktiv, bist du morgen Nacht hier? Morgen habe ich mehr Zeit.«

Sie sah mich wissend an und aus ihren Augen sprachen viele Jahre Straße, Prügel und Drogen.

»Du kommst morgen nicht wieder«, sagte sie. »Das ist aber nicht schlimm, du hast mir die Nacht versüßt. Ich mag solche Lügen.«

Ich sah Jules herauskommen.

»Der Laden ist in Sagunto, das schaffen wir heute nicht. Wir gehen jetzt noch in zwei andere Puffs und dann sollten wir ins Bett kriechen.«

Kapitel 7 - Das La Charme

1

Spät nachmittags traf ich Jules im Chéz Georgie.

»Bisher habe ich nichts Neues zu unserer Suchaktion gehört. Es ist auch die falsche Zeit. Wir arbeiten im Nachtgeschäft. Fahren wir nach Sagunto.«

Ich war erst morgens um 8 Uhr ins Bett gekommen und entsprechend angeschlagen.

»Ich brauche dringend einen Kaffee.«

»Bekommst du in Sagunto. Wir brauchen nur 20 Minuten.«

Jules hatte vor der Tür eine Vespa stehen, neben der Metro das sinnvollste Fortbewegungsmittel in der Stadt und der näheren Umgebung. Wir fuhren parallel zum Strand Richtung Norden. In einer von der Uferpromenade abzweigenden Seitenstraße hielten wir vor einem exklusiven Neubau. Mit dem Fahrstuhl fuhren wir in den 5. Stock. Miguel, der Manager des *Le Charm*e, bewohnte eine sehr geräumige helle Wohnung mit Dachterrasse. Die Terrasse war mindestens fünfzig Quadratmeter groß und die Gartenmöbel hatten mehr gekostet, als ich im letzten Jahr an Tantiemen mit meinem Verlag abgerechnet hatte. Das Bordell schien gut zu laufen.

»Gehen wir auf die Terrasse. Kaffee oder etwas Stärkeres?«, fragte Miguel.

»Kaffee bitte.«

Miguel ging zur Tür und ich sah, wie er Jules verstohlen

zunickte. Jules stand auf und folgte ihm. Nach einigen Minuten kamen sie zurück.

»Zeige ihm die Bilder«, sagte Jules. Ich zog die Bilder aus der Tasche und reichte sie Miguel. Er schien sich offenbar bei Jules erst vergewissert zu haben, dass ich kein Polizeispitzel, Journalist oder etwas ähnlich Dubioses war. Eine Frau kam mit einem Tablett in der Hand auf die Terrasse. Sie stellte Kaffee, Zucker, Milch und die Tassen auf den Tisch, setzte sich zu uns.

Miguel zeigte ihr die Fotos. Sie betrachtete sie aufmerksam, zuckte die Achseln. »Habe ich noch nie gesehen.«

Sie sah mich an, als taxiere sie meine Brieftasche und befand sie offenbar als zu leicht. Sie sprach reines *Kastilianisch*, wie man es nur in den gehobenen Kreisen Spaniens spricht. Unter ihrem Morgenrock schien sie nicht viel anzuhaben. Eine sehr attraktive Frau, goldblond, Mitte dreißig.

»Wenn sie auftaucht und gesund ist, könnte sie doch bei uns arbeiten.« Sie sah Miguel fragend an.

»Sieht gut aus«, sagte Miguel. »Liz ist ihr Name, eine Schwarze aus dem Senegal?«

Er sah mich fragend an.

»Wir zahlen Vermittlungsgebühr für gute Mädchen. Die Höhe richtet sich nach den geschätzten Einnahmen.«

Er betrachtete nachdenklich das Foto. »So ein Foto sagt nicht viel. Es kommt in unserem Gewerbe sehr auf Ausstrahlung an und die gibt ein Foto nur selten wieder. Was meinst du, Ines?«

Ines sah mich abschätzend an, wohl um zu sehen, wo der Preis lag, für den man mich kaufen konnte.

»Ich schätze zehn pro Monat.«

»Das wären dann rund zwei Tausender für dich«, sagte Miguel. »Wir zahlen zwanzig Prozent der Einnahmen des ersten Monats. Ist das akzeptabel?«

Das Gespräch nahm eine Wendung, die mir absolut nicht behagte. Ich sah zu Jules, aber der rührte in seinem Kaffee. Auch für ihn schien es ein völlig normales Verkaufsgespräch zu sein. Du bist prüde, dachte ich. Liz ist eine Gelegenheitsnutte, und du hast sie mit einem Zwanziger für eine Nacht bezahlt.

»Erst müssen wir sie mal finden und dann soll sie selbst entscheiden, ob sie bei euch hineinpasst, oder nicht«, sagte ich.

»Nehmen wir mal an, du findest sie mit unserer Hilfe, dann beanspruchen wir natürlich Finderlohn. Der besteht dann darin, dass du sie überzeugst, für uns zu arbeiten.«

Mit seinem Jargon eines Fischhändlers ging mir Miguel zunehmend auf die Nerven. Trotzdem musste ich ihn bei Laune halten. Jules schien viel von ihm zu halten.

»Worin genau besteht die Arbeit?«, sagte ich, nur um Zeit zu gewinnen.

Miguel sah erst zu Jules, dann zu Ines, dann sah er mich wieder an. Er schien zu überlegen, an welcher Art von Irrsinn ich wohl leiden mochte.

»Na gut«, bequemte er sich dann zu sagen. »Wir öffnen um 23 Uhr. Sieh dich um, dann weißt du, was du ihr erzählen kannst.«

Er sah wieder Ines an, grinste und schüttelte leicht den Kopf wegen so viel Blödheit.

Ines stand auf, ließ den Bademantel von ihren Schultern gleiten. Sie hatte eine Figur, wie auch Michelangelo sie nicht schöner hätte darstellen können. Ich hatte mich übrigens geirrt, sie war nackend unter dem Mantel. In vollem Bewusstsein ihrer Wirkung schritt sie langsam zu einer Liege am anderen Ende der Terrasse. Sie stellte sich auf die Zehenspitzen und reckte sich mit hoch erhobenen Armen zur Sonne. Dann setzte sie sich auf die Liege, nahm eine Flasche Sonnenschutzmilch und cremte langsam die Innenseiten ihrer Oberschenkel ein. Wie zufällig spreizte sie sehr breit ihre Schenkel und ich sah direkt auf ihre Vagina. Gebannt sah ich ihr zu, bis Jules sich räusperte. Meine Augen schreckten zurück. Miguel grinste mich an, als wollte er sagen: »Dich muss ich nicht mit Geld bezahlen. Dich bezahle ich mit einer Fotze.«

Jules sah auf die Uhr. »Es ist jetzt kurz nach acht. So gegen 23 Uhr?«

»Kommt lieber eine halbe Stunde früher. Dann haben wir noch keine Kunden und die Mädchen sind noch nicht so durchgevögelt.«

Er rief zu Ines hinüber: »Kommst du, Liebes? Du kannst noch etwas für mich tun.«

Ines stand auf und ging vor uns ins Wohnzimmer, trat zu einem Getränkewagen und mixte ihrem Herrn und Meister einen Drink, irgendetwas mit Whiskey. Dann gingen sie beide in den angrenzenden Raum, vermutlich das Schlafzimmer.

2

»Du bist nicht zufrieden mit dem Gespräch?«, sagte Jules unten auf der Straße.

»Ist Miguel ein guter Freund von dir?«

»Kann ich nicht sagen. Verglichen mit ihm bin ich ein ganz kleiner Fisch. Manchmal vermittle ich ihm minderjährige Mädchen und auch Jungen aus dem Senegal, daher kennen wir uns.«

»Kassierst du immer zwei Tausender?«

»Eher drei oder vier. Er hat dir zwei geboten, weil Ines gesehen hat, dass du billig zu haben bist.«

»Ines? Weshalb sie?«

»Sie hat nur deinetwegen die Nummer mit völlig *nackend und Eincremen und Fotze zeigen* abgezogen. So stark ist die Sonne im Januar nicht, dass man sich eincremen müsste. Das war eine Privatvorstellung, exklusiv für dich. Du hast ihr zu lange auf die Fotze gestarrt. Damit hast du dir den Preis versaut.«

3

Wir gingen in eine Taverne am Jachthafen und aßen jeder eine Portion Reis mit Muscheln und Gambas. Jules trank Rotwein, ich blieb bei Wasser und Kaffee. Spöttisch betrachtete er mein Glas.

»Hast du dem Alkohol abgeschworen?«

»Ich war deshalb erst kürzlich im Krankenhaus. Ich will mein Leben noch etwas genießen, notfalls ohne Schnaps.«

»Aber mit Liz.« Das war eine Feststellung, keine Frage.

»Soweit denke ich nicht. Erst müssen wir sie finden.«

»Wenn wir sie mit Hilfe von Miguel finden, kannst du das vergessen. Er verlangt Finderlohn und der wird exakt in Höhe der Vermittlungsprovision sein, die er dir angeboten hat.«

»Ich werde von ihm weder Geld nehmen, noch an ihn zahlen. Das ist allein Liz' Sache.«

Er sah mich nachdenklich an. »Du machst dir falsche Vorstellungen von Miguel und auch von mir. Ich will den Mörder meines Bruders finden, nicht Liz. Sie interessiert mich nicht. Wenn wir sie finden, geht sie zu Miguel oder in ein anderes Bordell oder sie kommt zu mir auf den Straßenstrich. Soll ich dir sagen, weshalb?«

Ich gab keine Antwort, wollte es nicht wissen.

»Weil diese Mädchen aus dem Senegal alle dasselbe Problem haben. Sie sind versaut, sie hatten bereits zu viel Geld in den Fingern. Hier in Spanien kann man das Wasser aus der Leitung trinken und Metro und Straßenbahnen verkehren halbwegs pünktlich, anders als im Senegal. Und noch wichtiger - die Familienbande, unterschätze die nicht. Die Mädchen sind Huren, weil sie ihren Familien Geld schicken müssen. Wenn sie hier nicht auf den Strich gehen, dann tun sie es in Dakar. Hier ficken sie für das Zehnfache, das ist der einzige Unterschied. Und jetzt kommst du und spielst dich als *Weißer Ritter* auf.«

»Was wird Miguel machen, wenn Liz nicht will?«

»Er wird sie unter Druck setzen, bedrohen, was weiß ich. Wenn sie sich stur stellt, wird er ein Exempel an ihr statuieren, schon um seinen anderen Mädchen ein Zeichen zu setzen - seht her, so funktioniert das. Zum Ende wird Liz voller Begeisterung so ziemlich jeder Art von Tätigkeit in seinem Bordell zustimmen, weil sie ohne wulstige Narben im Gesicht oder an den Titten weiterleben möchte. Oder glaubst du etwa, die spanischen Behörden kümmern sich um eine schwarze Nutte, unterstützen sie, wenn sie blöd genug sein sollte, Anzeige zu erstatten? Niemals!«

Es hatte keinen Sinn, mit Jules oder Miguel zu diskutieren. Für beide war Liz nur ein Stück Fleisch, das zum Verkauf die Beine breit zu machen hatte.

»Na gut«, sagte ich. »Trotzdem müssen wir sie erst einmal finden. Wenn wir sie haben, finden wir auch den Mörder deines Bruders. Davon bin ich überzeugt.«

Ich warf ihm einen Köder vor die Füße. »Das ist alles etwas komplizierter, Jules. Der Killer will unbedingt Liz töten, frage mich nicht weshalb. Wenn wir sie gefunden haben, dann dürfen wir sie nicht Miguel überlassen, sie ist unser Köder. Mit einer lebenden Liz locken wir den Killer aus seinem Versteck.«

»Gehen wir ins *La Charme*. Mal sehen, wie es läuft«, sagte Jules.

Der Eingang vom La Charme lag in einer Straße, die von der Promenade abführte. Hinter der schummerigen Beleuchtung im Eingang hätte man kaum ein Bordell vermutet. Nur die zwei bulligen Männer mit Bürstenfrisuren und breiten Schultern vor dem Eingang signalisierten, dass es hier etwas Besonderes gab.

»Ich bin Jules, Miguel erwartet uns.«

Einer der beiden zeigte auf mich. »Ihn auch?«

Jules nickte. »Ihn auch. Das ist Luca.«

Wir gingen durch den schmalen Gang und betraten einen unerwartet eleganten Raum. Niedrige Klubtische standen um eine Tanzfläche herum, auf der drei blank polierte Metallstangen montiert waren, die bis zu Decke reichten. An den rot bespannten Wänden standen Sitzgarnituren.

Überall saßen Frauen, so etwa zwanzig mussten es sein. Sie bereiteten sich auf die kommende Nacht vor. Vor sich hatten sie Schminkutensilien stehen, klebten sich künstliche Wimpern an und bemalten sich kunstvoll Lippen und Augen. Die kleinen Lampen auf den Tischen waren eingeschaltet, zusätzlich brannte die grelle Neonbeleuchtung an der Decke.

An der Schmalseite befand sich eine Bar, zwei Frauen polierten Gläser. Ein Mann räumte aus einem Karton Flaschen in das Regal hinter dem Tresen. Ines stand neben ihm und hakte die Flaschen auf einer Liste ab. Hinten an der Wand standen Putzeimer neben einer Tür mit einem Schild *Aseos*, der Toilettenbereich. Es roch abgestanden nach Puder und Schminke, schwacher Schweißgeruch hing in der Luft.

Miguel saß an der Bar und hatte einen Kaffee vor sich stehen. »Kaffee?«, fragte er und ich nickte. Er machte ein Handzeichen zu Ines und deutete auf die Espressomaschine.

»Warten wir noch. Es sind noch nicht alle Mädchen hier.« Er sah mich prüfend an und ergänzte: »Wenn alle da sind, kannst du dir ein Mädchen für eine schnelle Nummer aussuchen. Geht aufs Haus.«

Es war so Viertel nach elf, als Miguel sagte: »Es müssten jetzt alle da sein. Ines, ruf sie doch mal zusammen.«

Ines ging in den angrenzenden Raum. Nach einigen

Minuten kam sie zurück, gefolgt von einer Gruppe Frauen, alle mehr oder weniger nackend. Sie drängten sich um mich und ich zeigte ihnen die Fotos.

»Wie groß ist sie?«, fragte eine.

»Zwei oder drei Zentimeter größer als ich.«

Sie sah mich abschätzend an und schüttelte dann den Kopf.

Eine andere fragte: »Wie alt ist sie?«

»Ich weiß nicht genau, achtundzwanzig schätze ich.«

Keine hatte Liz gesehen, oder konnte sich an sie erinnern.

»Pech gehabt«, sagte Miguel. »Aber für einen schnellen Fick kannst du dir trotzdem eine aussuchen.« Er sah zu den Frauen, die gerade wieder nach nebenan gehen wollten.

»Gloria. Komm doch mal.«

Eine Frau drehte sich um und sah mich an. Sie schien zu wissen, um was es ging. Sie war etwas älter als die anderen Mädchen, fünfunddreißig mochte sie sein. Altersangaben bleiben in diesem Gewerbe vage Aussagen, denn im Bordell zählt jedes Jahr doppelt, auf der Straße dreifach oder noch mehr.

»Danke«, sagte ich. »Sehr freundlich. Ich hatte vor zwei Wochen noch einen Tripper, der ist bestimmt noch nicht ganz ausgeheilt.«

Miguel zuckte zusammen. Etwas lahm sagte er: »Gut, dass du das sagst, sehr fair von dir. Wollt ihr noch etwas trinken?«

»Ich trinke einen Whiskey, wenn's recht ist«, sagte Jules.

»Ich bleibe bei Wasser.«

»Das Penicillin?«, sagte Miguel. Ich nickte.

Miguel machte ein Zeichen zum Barkeeper und der wandte sich dem Flaschenregal zu.

»Stimmt das mit dem Tripper?«, fragte Jules leise.

»Wie wird man einen Straßenköter am schnellsten los? Man stößt ihn mit der Nase in seine eigene Scheiße.«

Ich sah auf die Uhr. Es ging auf Mitternacht.

»Ich gehe mal pinkeln«, sagte ich und verschwand in Richtung Toilette. Auf der Toilette betrachtete ich mich kritisch im Spiegel, überlegte, was ich dort sah. Einen Alkoholiker, im Moment vielleicht einen trockenen Alkoholiker, sofern es das tatsächlich gibt. Ein *Weißer Ritter*? Eher nicht. Was sah ich im Spiegel? Ich wusste es nicht.

4

»Ich muss mich um meine Mädchen kümmern, ich kann nicht nur durch die Puffs ziehen und Liz suchen. Sieh zu, dass du ein paar Tage ohne mich auskommst. Nimm dir mal die Lokale in der Innenstadt vor, vielleicht arbeitet sie als Kellnerin.«

Wie bei Jules machte sich auch bei mir Ermüdung breit. Ich hatte nicht erwartet, dass es so kompliziert sein würde. Vielleicht, auch das ging mir häufiger durch den Kopf, wollte Liz nicht gefunden werden. Ich dachte an unser letztes Treffen im Bahnhof. Eiskalt hatte sie mich abblitzen lassen.

Eher halbherzig zog ich einige Tage alleine durch das nächtliche Valencia. Ich folgte Jules Rat und sucht in den Lokalen der Innenstadt, zeigte den Kellnerinnen Liz' Foto.

Ohne Erfolg. Sie hatte sich in Luft aufgelöst, war wie vom Erdboden verschluckt. Vielleicht war sie ja auch gar nicht mehr in Valencia, war nach Barcelona oder Alicante geflüchtet. Das wäre eine gute Idee gewesen. Einen Vorteil hatte meine Lokaltour, ich war meistens gegen Mitternacht zu Hause und hatte deshalb einen halbwegs geregelten Tagesablauf.

Dann war Jules wieder zurück. 'Jetzt könne er wieder einige Nächte mit mir gemeinsam suchen', sagte er. Er suchte nicht Liz, er wollte den Mörder seines Bruders finden. Nur zufällig hatten wir ein gemeinsames Ziel.

»Hat es neue Morde gegeben?«

»Ich habe nichts gehört, aber das bedeutet nicht viel«, sagte Jules.

Wir gingen in ein Bordell am Hafen. Viel Schiffsverkehr gab es nicht mehr in Valencia, entsprechend düster sah es in diesem Etablissement mit dem klangvollen Namen *Chéz Martina* aus. Ich hoffte nur, der Kaffee war frischer als die vier Frauen, die müde auf den Barhockern hockten und sich an ihren Saftgläsern festhielten. Wir zeigten die Fotos, niemand erkannte Liz und wir hätten wieder gehen können.

»Ich trinke noch einen Kaffee«, sagte ich und Jules bestellte sich Bier. Es war weit nach Mitternacht, als dann noch drei Seeleute hereinkamen, vermutlich von dem Kreuzfahrer, der seit einem Tag im Hafen lag und Valencia von Touristen überquellen ließ. Nach ihrem Slang waren sie Engländer. Sie kamen aus der Stadt zurück und waren ziemlich angetrunken. Lauthals beschwerten sie sich über die hohen Preise im Zentrum und über die Touristen, die alles versauten, auch *the prices for hookers*. Lautstark feilschten sie auf Spanisch mit den Frauen an der Bar, diskutierten ihre Vorzüge auf Englisch. Die eine hatte zu dicke Titten und sie überlegten gestenreich, wie tief die wohl hängen mochten. Die zweite Frau hatte gar keine Titten und die dritte war zu alt. *I'm not going to fuck my mother*, sagte einer. Sie wollten wissen, was ein *Blow-Job* oder *Fuck* oder *Assfucking* kosten würde. Das ging eine Weile hin und her ohne, dass eine Einigung zustande kam. Eine jüngere Frau beteiligte sich nicht an dem Gespräch. Sie saß am Tresen und starrte trübsinnig in ihr Glas.

Die Frau hinter dem Tresen, ihr Name war Martina und sie war die Namensgeberin des Schuppens, schaltete sich ein und sagte kategorisch zu der Schweigsamen: »Dana, du fertigst alle drei ab.«

Dana schüttelte den Kopf und sagte: »Die sind besoffen, mach ich nicht.«

Sie sah nicht spanisch aus, konnte vom Balkan, Rumänien, aus der Ecke stammen.

Martina verfärbte sich rot und herrschte sie an: »Los, ab auf die Pritsche.«

Die Engländer feixten. Einer sagte: »Wir geben jetzt eine Galavorstellung. Schließ die Tür ab.«

Martina kam hinter dem Tresen vor, ging zur Tür und schloss ab.

»Alle sollen zusehen. Blöde Nutte! Will sich weigern«, sagte der Engländer.

Er packte Dana an den Haaren und zerrte sie zu dem Flipperautomaten. Sie war Anfang zwanzig, eher noch jünger.

»Der hat die richtige Höhe. Hier machen wir es. Ich fange an?« Fragend sah er seine Kumpanen an und sie nickten.

Ich sagte zu Jules: »Ich habe keine Lust, dabei zuzusehen. Lass uns verschwinden. Das Bild von Liz haben wir schon herumgezeigt.«

Das Mädchen wehrte sich und trat dem Mann in den Bauch. Der revanchierte sich mit einer kräftigen Ohrfeige. Er riss ihr den Rock hoch, einen Slip trug sie nicht. Dann zerriss er ihr die Bluse, sie hatte keinen BH an. Ergeben ließ sie sich auf die Glasabdeckung des Flipperautomaten drücken und drehte den Kopf zu Seite, blickte in meine Richtung. Ihre Pupillen waren unnatürlich erweitert; sie stand unter Drogen.

Der Engländer griff in die Tasche und knallte neben der Frau einen Fünfzig-Euro-Schein auf die Glasfläche. »Hier, gibt dir Mühe. Das ist für uns alle drei.«

Heftig stieß er sein Glied in das Mädchen und einen Moment verzog sie schmerzhaft das Gesicht, schloss dann die Augen. Er rammelte wie ein Karnickelbock, ihr Kopf stieß dabei mehrmals gegen die Glasscheibe der Flipperanzeige.

»Los! Beweg deinen Arsch, du blöde Fotze«, und er schlug ihr ins Gesicht. Sie versuchte, den Unterleib zu bewegen, zuckte müde hin und her. Die Freunde des Seemanns standen mit vor Erregung geröteten Köpfen um den Flipperautomaten herum und feuerten ihn an. Er hatte abgespritzt und der Zweite riss schon den Reißverschluss seiner Hose auf.

»Geht ganz leicht«, rief er. »Hast ihre Fotze gut

geschmiert.«

Sie hielt immer noch den Kopf zur Seite gedreht und hatte die Augen geschlossen. Müde zuckte ihr Unterleib.

Der Dritte bekam keinen mehr hoch, er war zu betrunken. Grob zerrte er den Körper der Frau auf der Glasabdeckung herum und zwang ihr seinen Schwanz in den Mund. Ich sah, wie sie sich bemühte, aber es funktionierte nicht, das Glied des Mannes blieb klein und schrumpelig. Voller Wut schlug er ihr mit der Faust in den Bauch. Sie krümmte sich und einen Moment dachte ich, sie würde den Boden vollkotzen. Die Seeleute wandten sich ab und die Frau blieb einen Moment mit hochgeschobenem Rock und gespreizten Beinen auf dem Flipperautomaten liegen. Dann richtete sie sich auf und nahm den Fünfziger, der neben ihr auf der Glasfläche lag.

Die Engländer hatten ihre Zeche bezahlt und verließen singend das Lokal. Sie sangen einen Shanty, irgendetwas mit romantischer Seefahrt.

Das Mädchen richtete notdürftig ihre Kleidung und ging mit dem Schein in der Hand zu Martina. Sie taumelte etwas; das konnte auch an den Drogen liegen. Martina nahm den Fünfziger, griff in ihre Kasse und gab dem Mädchen einen Zwanziger.

»Gehen wir?«, fragte ich Jules.

»Ja, gehen wir. Ich fahre dich nach Hause. Ich wusste was kommen würde, und ich wollte, dass du das mit ansiehst.«

Auf dem Heimweg dachte ich an Liz. Ob ihr so etwas auch widerfahren war? Die Frau eben war eine Hure, aber trotzdem war es eine Vergewaltigung. Dana war ihr Name, könnte rumänisch sein oder auch bulgarisch. Liz, Elizabeth, war katholisch. Jules, der Zuhälter? Was mochte er sein. Vermutlich gar nichts. Ich war auch nichts mehr.

Jules hatte es provoziert, ich sollte dem Schauspiel zusehen. Er wollte mich gegen Liz beeinflussen. Wenn wir Liz gefunden hatten, wollte er sie übernehmen und selbst an Miguel verkaufen.

5

Am folgenden frühen Nachmittag rief Jules an.

»Miguel hat sich gemeldet. Ein Mädchen war an dem Abend nicht im La Charme. Sie sagt, sie kennt Liz.«

Ich war ziemlich nervös, als wir endlich in Sagunto ankamen. Es war lange nach Mitternacht, Jules hatte nicht früher Zeit gehabt.

Sollte es wirklich eine Spur sein? Das Mädchen, auch eine Schwarze aus dem Senegal, hatte mit Liz in einem Lokal in der Innenstadt auf Sex-Touristen gewartet. Ich kannte das Lokal nicht, es musste ein normales Straßenlokal in einer Seitenstraße in der Nähe des Bahnhofs sein.

»Sie scheint wirklich Charme zu haben, Abuya hat mir das bestätigt.«

Er deutete auf ein Mädchen. »Das ist Abuya.«

»Sie passt zu uns. Denke an die Vermittlungsgebühr. Da bleibt bestimmt noch was übrig, auch wenn wir das mit dem Finderlohn verrechnen. Eine andere Möglichkeit wäre, du bist ihr Manager und damit an den laufenden Einnahmen beteiligt. Ich würde das respektieren«

Er grinste zynisch, drehte sich um und ging hinter den Tresen zur Espresso-Maschine. »Kaffee?«, rief er. Ich nickte.

Abuya stand direkt neben mir. Leise sagte ich zu ihr: »Vous savez Liz?«

Überrascht sah sie mich an und antwortete auf Französisch: »Bis du ihr Freund?«

Vorsichtig schielte sie zu Miguel, aber der schien mit der Espresso-Maschine beschäftigt zu sein.

»Ich bin ihr Freund, du kannst mir vertrauen. Weißt du, wo sie ist?«

»Sie ist bei einer Frau in Betera. Sie versteckt sich. Ich weiß im Moment nicht die Adresse, aber ich kann sie finden.« Sie kam noch dichter an mich heran. »Ich will hier weg. Kannst du mir helfen?«

Sie sah sich suchend um. »Hast du einen Stift?«

Ich suchte in meiner Tasche und fand einen Kugelschreiber, aber keinen Zettel.

»Gib mir deine Hand.« Sie zog meine Hand unter den Tresen, damit Miguel es nicht sah und kritzelte auf meine Handfläche.

»Ruf mich morgen Vormittag an.«

Sie legte unmerklich einen Finger auf die Lippen und sah verstohlen zu Miguel. Dann kam sie noch dichter an mich heran und flüsterte nur ein Wort: »*Drogue*.«

Miguel machte sein Geld nicht nur mit Mädchen, auch mit Drogen. Huren und Drogen, das geht oft Hand in Hand.

»Ich melde mich morgen, das verspreche ich dir.«

Miguel stellte mir das kleine Espresso-Glas hin. »Machst du etwa Abuya an? Kleines Privatgeschäft? Wenn du sie ficken willst, dann sag das. Aber erst in zwei Wochen, wenn dein Tripper vollständig ausgeheilt ist.«

Er hatte uns über den Spiegel hinter dem Flaschenregal beobachtet.

»Keine Sorge«, sagte ich großartig. »Ich mache nichts vorbei an dir und über den Finderlohn werden wir uns bestimmt einig.«

Es war inzwischen 3 Uhr morgens und der Betrieb lief auf Hochtouren. An den drei Stangen wanden sich Mädchen wie Schlangen, manche graziös, andere absolvierten es wie eine Pflichtübung. Leise Musik lief dazu. Dann kam so was wie ein Tusch und eine Schwarze kam auf die Bühne. Sie schien noch sehr jung zu sein, aber bei dieser schummerigen Beleuchtung sahen alle Mädchen mindestens 10 Jahre jünger aus. Die Schwarze wand sich ein paar Mal an der Stange rauf und runter, dann legte sie sich auf eine Liege und spreizte die Beine zu den Zuschauern. Sie hatte eine glatt rasierte Vagina. Mit den Fingern spreizte sie ihre Schamlippen und bog sich wie eine Schlange. Der Scheinwerfer wanderte zum Vorhang, neuer Tusch und eine Frau kam mit langsam schleichenden Bewegungen auf die Bühne. Erst erkannte ich sie nicht - es war Ines. Sie legte sich zu der Schwarzen auf die Liege und die beiden zogen eine Lesbennummer ab, verknoteten ihre Leiber, Arme und Beine ineinander, leckten sich gegenseitig. Ich sah fasziniert zu und bemerkte an mir selbst, wofür das gut war - ich hatte einen gewaltigen Ständer in der Hose.

Wie aus dem Nichts stand ein Schwarzer neben der Liege. Er legte sich zu ihnen und leckte Ines und das schwarze Mädchen bearbeitete seinen Schwanz. Dann verschwand das Mädchen hinter der Bühne und Ines und der Mann waren alleine auf der Liege. Der Schwarze fickte Ines in allen möglichen Stellungen. Er hatte einen enorm großen Schwanz, machte immer wieder Pausen, zog ihn feucht glänzend heraus, zeigte ihn dem johlenden Publikum. Das Ganze sah eher nach einer akrobatischen Varietényummer aus.

Jules stand plötzlich neben mir.

»Ich wusste nicht, dass so etwas in Spanien erlaubt ist«, sagte ich.

»Ist es auch nicht. Jetzt ist es nach 3 Uhr, dann werden die Türen verschlossen und es ist eine Privatveranstaltung.«

»Ich dachte, Ines ist Miguels Freundin?«

Jules sah mich verwundert an.

»Was hat das denn damit zu tun? Natürlich ist sie seine Freundin. Wenn einer nach dieser Show viel Geld auf den Tisch legt, darf er Ines vögeln, das ist Geschäft. Miguel hat sich nur ausbedungen, dass er zusehen will. Das hat er mir selbst erzählt. Wenn ein Kunde das nicht will, bekommt er Ines nicht.«

Ich trank den Kaffee aus und sagte: »Ich gehe mal pinkeln.«

Auf dem Weg zur Toilette machte ich absichtlich einen Umweg durch die Sitzgruppen und Klubtische. Die Zuschauer sahen durchweg nach der besten Gesellschaft Valencia aus. Auf der Toilette nahm ich ein Stück Papier aus dem Spender und übertrug die Nummer von meiner schweißnassen Handfläche. Ich ging wieder zurück zur Bar. Bloß weg hier, ich hatte genug gesehen. So harmlos Miguel aussah, er war es nicht. Auch Jules war nicht harmlos. Wenn es darum ging, eine Frau kleinzukriegen, dann schreckten sie beide vor keinem Mittel zurück.

Auf dem Weg zurück zum Tresen hörte ich ungewöhnliche Geräusche, laute Stimmen. Krachend flog die Tür auf und knallte gegen die Wand. Mehrere Polizisten stürmten herein. Sie trugen schusssichere Westen, Helme und in den Händen hielten sie Maschinenpistolen. Einer rief: »Niemand bewegt sich oder spricht.«

Alle standen wie erstarrt. Ich sah, wie Jules das halb erhobene Glas betont langsam absetzte und seine Hände flach auf den Tresen legte. Durch die offene Tür kam, wie ein Feldherr, Kommissar Sanchez hereinstolziert, gefolgt von zwei Männern in Zivil. Sanchez sah sich um, erkannte mich, winkte und grinste, als habe er in mir einen alten Freund entdeckt.

»Ei, wen haben wir denn hier? Meinen guten Freund Luca. Und ich hatte schon die Befürchtung, wir würden uns aus den Augen verlieren.«

Er trat auf mich zu, und als er direkt vor mir stand, flüsterte er: »Na du Schwuchtel?«

Mit diesen Worten rammte er mir das Knie in den Unterleib und ich lag auf dem Boden. Um mich herum drehte sich alles. Ich bekam dann nur noch mit, wie man mich in einen Krankenwagen verfrachtete. Das war das Letzte, was ich mitbekam, dann war es Nacht.

Kapitel 8 - Antonio Garcia

1

Alles war weiß. Decke, Wände, Bettdecke, blütenweiß. Der Mann neben dem Bett war dunkel in Jeans und Lederjacke gekleidet und ich sah auch einen dunklen Bart. Irgendwie kam mir das Gesicht bekannt vor.

»Kommen Sie wieder in die Wirklichkeit zurück?« Die Stimme kannte ich auch.

»Wo haben Sie Ihren Kettenhund gelassen? Jedes Mal, wenn das Schwein auftaucht, gehe ich K.o.«

»Na, na«, sagte Garcia. »So redet man nicht über einen verdienten Beamten.«

»Sie scheinen aber sofort zu wissen, wen ich meine.«

»Na ja«, sagte Garcia leichthin. »Kommissar Sanchez eilt ein gewisser Ruf voraus.«

»Wieso ist mir unten herum so kalt?« Ich versuchte, unter die Bettdecke zu blicken.

»Sie haben einen Eisbeutel auf dem Unterleib. Aber keine Sorge. Es ist nichts Wichtiges kaputt gegangen, nur geschwollen. In einer Woche können Sie wieder vögeln. Das ist doch Ihre Lieblingsbeschäftigung.«

»Witzbold. Erklären Sie mir mal, was eigentlich los war.«

»Das ist schnell erklärt. Sanchez hat eine Drogenrazzia im *La Charme* durchgeführt und Sie sind ihm in die Quere gekommen. Haben Sie mit Drogen zu tun?«

»Nein, noch nie. Ich war nur zufällig dort.«

»Sie sind *zufällig* in einem Puff?«, sagte Garcia anzüglich.

»Garcia, hören Sie mit dem Scheiß auf. Das *La Charme* ist ein Bordell, da verkaufen Nutten ihren Arsch und deshalb gehen Männer wie ich dort hin.«

»Weshalb glaube ich Ihnen kein Wort? Weil es in Valencia und sogar in Benicalap genug Nutten gibt? Weil Sie zum Vögeln bestimmt nicht mit dem Vorortzug nach Sagunto fahren, denn Sie haben kein Auto?«

Garcia sah mich sonderbar an.

»Aber mal etwas anderes, ganz ohne Protokoll. Wenn wir unter uns sind, sagst du Antonio zu mir und ich sage Luca. Wenn wir im Hauptquartier sind, dann sagen Sie Kommissar Garcia zu mir, besonders, wenn Sanchez dabei ist, den du Kettenhund getauft hast. Einverstanden?«

Ich muss ihn wohl ziemlich blöde angesehen haben.

»Ich bin nicht im Dienst«, sagte er dann, als wäre das Erklärung genug.

»Wo bin ich hier? Ist das ein normales Krankenhaus?«

»Ja. Ich habe Garcia klar gemacht, dass du in meinem Auftrag Augen und Ohren aufhältst, so eine Art Undercover bist.«

»Und das hat der geglaubt? Dann ist er ja noch blöder, als ich dachte.«

»Sanchez ist nicht blöde, vielleicht etwas einseitig auf seine Aufgabe fixiert, aber blöde ist er bestimmt nicht. Er hat vor allen Dingen einflussreiche Verwandtschaft. Sein Vater ist ein sehr hohes Tier im Justizministerium in Madrid.«

»Die Bemerkung soll ich wohl so verstehen, dass Sanchez

kaum Dein Assistent wäre, wenn sein Vater Gemüse verkaufte.«

Eine Schwester kam herein und Antonio schwieg. Ich sah der Schwester am Gesicht an, was sie gleich sagen wird - wie geht es uns denn heute?

»Wie geht es uns denn heute?«, fragte sie und pflichtgemäß antwortete ich: »Wunderbar. Ich fühle mich unter der Eispackung wie neugeboren.«

Sie lachte. »Das wird wieder. Ist nur eine Frage der Zeit. Ein oder zwei Wochen und alles funktioniert wie früher.«

»Ist hier jemand, mit dem ich das zwischendurch ausprobieren kann.«

Ihre Wangen liefen brennend rot an und eilig verließ sie den Raum.

Endlich gab Antonio eine Antwort. »Ich weiß es nicht, ob Sanchez dann mein Assistent wäre. Vielleicht wäre er nicht mal bei der Polizei. Lassen wir das lieber. Ich bin privat hier und es sollte niemand von meinem Besuch etwas erfahren. Das ist in unser beider Interesse.«

»Na dann erzähl mal, Kommissar Antonio, ich bin gespannt.«

»Wir haben eine neue Leiche. Alles wie bisher. Der Kopf der Frau lag in einer Mülltonne eine Straße weiter und jetzt wird's brisant.« Ich sah es in ihm brodeln.

»Der Mann neben der Frau im Bett hatte keinen Kopf mehr, der lag auch in der Mülltonne. Es war eine ziemliche Schweinerei. Der Mord ist in einer billigen Absteige passiert, und von dem Blut ist eine Menge durch den Flur gelaufen, unter der Tür durch und die Treppe hinunter.«

»Und wieso ist das brisant? Eine tote Nutte mehr und ihr Freier. War die Frau eine Schwarze?«

»Ja, aus Ghana. Brisant ist, dass der Mann ein Tourist aus Holland ist. Das Ganze schlägt Wellen wie ein Tsunami. Die europäischen Medien laufen auf Hochtouren.«

»Kann ich mir vorstellen. Das sind, wenn ich richtig rechne, zehn tote Nutten, meine Exfrau, ein Tanzlehrer und ein holländischer Tourist. Und jetzt hängt dir das Justizministerium im Nacken, denen hängt das Außenministerium im Nacken und denen die Botschaft und denen das Außenministerium in Den Haag? Stimmt die Reihenfolge?«

Er sah mich ungläubig an. »Woher weißt du das mit den toten Frauen?«

»Ich habe selbst recherchiert. Es war nicht sehr schwer, das herauszufinden. Jetzt hat Valencia einen toten Touristen und ihr könnt die Schweinerei nicht mehr unter der Decke halten.«

»Deine Einschätzung ist richtig. Aber weshalb stöberst du im Dreck?«

Ich zuckte mit den Achseln, soweit das in meiner liegenden Position mit einer Plastiktüte voll Eis auf den Eiern möglich war.

Antonio sagte: »Hängt das mit deiner Aussage im Leichenschauhaus zusammen?« Er klang sehr vorsichtig. »Ist schon gut, lassen wir es. Sonst muss ich noch ein Protokoll schreiben.«

»Ist besser so. Ich kann dir vielleicht helfen, den Mörder zu finden. Dafür brauche ich aber auch deine Hilfe. Sind unter den Verhafteten aus dem *La Charme* ein gewisser Jules und eine Abuya, beide schwarz?«

»Familiennamen weißt du nicht?«

Ich schüttelte den Kopf.

»Was ist mit denen?«

»Wenn ihr sie habt, dann lasst sie frei. Beide wissen mehr über die Morde. Mir werden sie es sagen, dir bestimmt nicht.«

Antonio überlegte einen Moment, dann nickte er und zog sein Telefon aus der Tasche. Er sprach schnelles Valencianisch, das ich nicht verstand.

Er drehte sich um zu mir. »Stimmt, wir haben sie.«

»Sie haben beide nichts mit Drogen zu tun. Gibt es eine Möglichkeit, sie aus dem Gefängnis herauszuholen?«

Er sah nachdenklich auf seine Schuhspitzen. »Das wird kompliziert. Aber selbst wenn ich das schaffe, was haben wir davon? Du bist hier und dieser Jules und auch die Schwarze werden sofort untertauchen, wenn ich sie rauslasse.«

»Ich werde mich in zwei oder drei Tagen selbst entlassen, darin habe ich Übung. Mir einen Eisbeutel auf die Eier packen, kann ich auch zu Hause.«

»Wenn das rauskommt, darf ich wieder Streife fahren.«

»Wenn du den Mörder nicht bald zufassen kriegst, darfst du das auch. Wegen erwiesener Unfähigkeit.«

Missmutig nickte er. »Mit der Einschätzung hast du recht. Was du nicht wissen kannst - wenn das geschieht, wird Sanchez mein Nachfolger. Dafür wird sein Herr Papa in Madrid sorgen.«

»Seit wann treibt der Serienkiller hier sein Unwesen?«

»Seit einem Jahr.«

»Und seit wann ist der Vater von Sanchez im Justizministerium in Madrid?«

»Seit acht Jahren. Jetzt verrenne dich nicht, Luca«, sagte Antonio.

»Darf ich weiter fragen? Seit wann ist Sanchez hier in Valencia bei der Polizei?«

»Seit anderthalb Jahren. Aus Barcelona hierher versetzt. Hör auf, das ist Irrsinn, du spinnst, Luca.«

»Mag sein. Sanchez tickt nicht normal und das wissen wir beide. Überlege mal. Das größte Rätsel an dem Fall ist mein Sperma in Jomos Mund, richtig?« Antonio nickte.

»Wie lange hebt ihr die Spuren von den Tatorten auf? Zum Beispiel Jomos Speichel mit meinem Sperma.«

Antonio Garcia sah mich mit starrem Blick an und ich sah seine Augen größer werden. Ich setzte nach.

»Wenn die Speichelprobe von Jomo noch bei euch in der Asservatenkammer liegen sollte, hast du eine Möglichkeit, sie ein zweites Mal untersuchen zu lassen, aber so, dass es ... «, ich suchte nach der passenden Formulierung, »... auf eurer Dienststelle niemand mitbekommt?«

Antonio sah mich unverwandt starr an. Dann sagte er: »Kannst du mir etwas von dir geben? Haare, Speichel?«

Ich öffnete die Schublade vom Beistelltisch neben meinem Krankenbett und zog ein Papiertuch heraus, sammelte Speichel im Mund und spuckte in das Tuch. Dann nahm ich ein zweites Tuch heraus, wickelte das Speicheltuch ein und gab es Antonio.

»Zu treuen Händen. Aber schiebe meine Spucke nicht Jomos Leiche in den Arsch. Dann bin ich geliefert.«

2

Drei Tage später rief er mich an. Es war später Vormittag.

»Bist du noch im Krankenhaus?«

»Einige Stunden noch. Heute Nachmittag werde ich gehen. Ich habe sie weich gekocht.«

»Ich komme gegen 2 Uhr vorbei und fahre dich dann nach Hause.«

Noch vor 2 Uhr war Antonio im Krankenhaus.

»Volltreffer«, sagte Antonio anstatt Begrüßung.

»Wo hast du den DNA-Abgleich machen lassen?«

»In Barcelona. Ein Freund von mir arbeitet dort in der Forensik. Es gibt keine Übereinstimmung. Von deiner DNA ist nicht die geringste Spur in Jomos Speichel.«

»Sanchez?«, sagte ich.

»Es gibt mindestens zwanzig Personen, die an den Computer herankommen. Aber es war jemand aus unserer Dienststelle, das ist ganz sicher.«

Wir fuhren die Burjassot hinauf, und kurz bevor Antonio in meine Straße einbog, sagte er: »Ich werde Jules und Abuya noch heute aus der Haft entlassen. Es war ein ziemlicher Aufstand, das einzufädeln. Du musst die Beiden in Sicherheit bringen. Ich kann das auf gar keinen Fall machen.«

Er gab mir einen Zettel. »Eine Adresse in Betera. Da können sie sich verstecken. Ich lasse die Beiden zum Bahnhof bringen. Du nimmst sie dort in Empfang.«

Er hielt vor meiner Haustür. »Sei etwa um 19 Uhr am Bahnhof, richte dich aber auf Warten ein.«

Ihm war deutlich anzumerken, wie es in ihm brodelte.

»Hast du eigentlich eine Vorstellung, was ich hier gerade mache?«

»Du fängst einen Serienmörder, was sonst.«

»Es darf niemals durchsickern, wie wir das gedeichselt haben. Ich verstoße gegen so ziemlich alle Vorschriften und auch gegen die ungeschriebenen Regeln des Polizeidienstes.«

»Ich weiß, dass dich das den Job kosten kann. Du solltest noch etwas anderes tun. Kommst du an Informationen zum Vater von Sanchez heran? Recherchiere doch mal die Hintergründe des Umzugs der Eltern nach Madrid. Und auch, was der Vater in Madrid jetzt für einen Posten bekleidet.«

»Das kann ich dir sofort sagen. Sanchez' Vater ist so etwas wie ein Staatssekretär im Justizministerium.«

Er sah mich an, grinste plötzlich, sagte dann: »Du sorgst dafür, dass Abuya und Jules nichts passiert. Und finde Liz.«

Ich gab ihm keine Antwort.

»Direkt nach der Identifizierung hatte ich schon so ein merkwürdiges Gefühl, Luca. Die Tote war nicht Liz. Sie lebt, du hast gelogen.«

»Seit wann haben Polizisten Gefühle?«

Er lachte. »Ich bin immerhin Leiter der Mordkommission. Ich darf mir gelegentlich Gefühle erlauben. Aber was ganz anderes. Es ist dir sicher recht, wenn ich dich und deine Wohnung unter Beobachtung stelle? Du wirst davon nichts merken.«

»Das merkt man doch im Polizeipräsidium.«

»Nein. Ich habe über die interne Ermittlung einen Weg gefunden, das von außerhalb Valencias zu organisieren. Außer mir weiß das niemand.«

Kapitel 9 - Trügerische Ruhe

1

Antonio Garcia hatte Abuya und Jules selbst zum Bahnhof gefahren, wo ich sie in Empfang nahm. Es war mitten in der Woche gegen Mittag, viele Menschen waren in der Stadt unterwegs.

»Ich bringe euch aus Valencia raus.«

Abuya sah mich mit angstvollen Augen an. Ich nahm sie kurz in den Arm und drückte sie. »Keine Sorge. Dir wird nichts geschehen.«

Jules sah mich nur teilnahmslos an. Er war nur drei Tage im Knast gewesen, aber es war wohl zum ersten Mal in seinem Leben. Er stand sichtlich unter Schock.

»Los, Jules. Wir stehen hier wie Zielscheiben.«

Eilig gingen wir die Treppe hinunter zur Metro. Wir fuhren nur eine Station und stiegen dann um. Die Linie fuhr direkt nach Betera. Abuya saß neben mir und drängte sich Schutz suchend an mich. Ich legte einen Arm um sie und wiederholte den Spruch. »Keine Sorge, dir wird nichts passieren.« Ich hatte große Mühe, selbst daran zu glauben.

Betera ist ein kleines Nest in den Bergen, eine typische Schlafstadt Valencias. Ohne Probleme fanden wir die Adresse, die Antonio mir gegeben hatte. Es war ein einstöckiges Haus, Hochhäuser wie im Zentrum Valencias gibt es in Betera nicht. Im ersten Stock hing an einem Fenster ein Schild mit der Aufschrift *en alquiler*. Eine Wohnung stand leer und sollte vermietet werden. Ich klingelte und eine alte Frau öffnete. Sie trat zur Seite. »Kommt herein«, sagte sie.

Schweigend humpelte sie vor uns die Treppe hinauf in den ersten Stock. Sie ging auf eine Tür am Ende des Flurs zu und schloss eine Tür auf. Ein Schwall stickiger Luft schlug uns entgegen, hier war seit Monaten nicht mehr gelüftet worden. Wir gingen durch ins Wohnzimmer. Wie viele Mietwohnungen in Spanien war auch diese möbliert. Auf den Möbeln lag eine dicke Staubschicht.

»Hinten im Schlafzimmer liegen Bettbezüge und Handtücher. Was fehlt, müsst ihr euch selbst besorgen.«

Die Frau humpelte vor uns in die Küche und zeigte auf den Schrank neben dem Gasherd.

»Ein frischer Ballon Butan-Gas und im Kühlschrank liegen Lebensmittel.«

Sie zog eine Schublade auf.

»Hier ist ein Laib Brot. Der Supermarkt ist um die Ecke.«

Sie legte zwei Schlüssel auf den Tisch und wandte sich zur Tür.

»Wie stehen Sie zu Antonio, Señora?«, fragte ich.

»Antonio ist mein Sohn. Er hat mir gesagt, ihr seid gute Leute. Hoffentlich stimmt das. Ich will keine Scherereien. Übrigens ist mein Name Marta, nicht Señora.« Sie wandte sich ab und verließ das Zimmer.

»Was ist mit dir, Abuya? Musst du dich im La Charme melden? Vermisst man dich?«

Sie lachte. »Das hoffe ich. Aber jetzt bin ich weg und ich gehe nicht mehr zurück.«

Sie trat zum Fenster. »Erst mal lüften«, und sie riss alle

Fenster im Wohnzimmer auf.

»Tust du mir heute Nacht auch nichts, Jules?«, sagte sie scherzhaft.

»Keine Sorge«, sagte Jules. »Wir können in einem Bett schlafen und selbst dann tue ich dir nichts. Schließlich bist du kein Mann.«

Er grinste amüsiert über meinen erstaunten Gesichtsausdruck. Jules war schwul.

»Jules, du solltest dich tagsüber in der Wohnung aufhalten, hier draußen wohnen wenig Schwarze, du fällst auf. Geh erst abends, wenn es dunkel ist, Luft schnappen. Wenn etwas zu besorgen ist, gehst du, Abuya.«

Ich legte ein Handy auf den Tisch. »Die SIM-Karte ist neu, ein Bekannter von mir hat sie gekauft und auf seinen Namen angemeldet. Wenn etwas ist, meldet euch. Meine Nummer ist gespeichert. Hier etwas Geld.«

Ich legte fünf 10-Euro Scheine auf den Tisch. »Ist nicht viel, das muss erst einmal reichen.«

»Wie finden wir jetzt Liz, Abuya?«

»Wir warten, bis es dunkel ist, dann gehen wir zur Metro-Station. Ich werde die Straße und das Haus schnell finden. Es muss nur dunkel sein.«

Ich sah aus dem Fenster, es dämmerte.

»Ich gehe mal nachsehen, ob wir Kaffee haben.«

Sie ging in die Küche. »Nescafé und Zucker sind da, Milch steht im Kühlschrank«, rief sie. »Ich koche Kaffee.«

2

»Es ist dunkel genug, gehen wir«, sagte Abuya.

»Jules, bleibe hier. Ich gehe mit Abuya alleine.«

Wir gingen zur Metrostation und Abuya sah sich dort um. Sie stellte sich mit dem Rücken zum Ausgang, schloss die Augen und drückte die Hände gegen ihre Schläfen.

»Jetzt weiß ich es wieder«, sagte sie.

Zielstrebig ging sie gerade aus und bog dann nach rechts ab. Mir kam es etwas wie Voodoo Zauber vor, aber Abuya schien zu wissen, was sie tat. Nach einigen Hundert Metern kamen wir an einer Tankstelle vorbei und sie blieb erneut stehen.

»Ich erinnere mich genau an den Benzingestank«, sagte sie. Sie schloss wieder die Augen und presste die Hände gegen die Schläfen.

»Wir sind richtig. Nächste Straße links.«

Wir gingen die nächste Straße links hinein und dann immer geradeaus. Nach zweihundert Metern blieb sie stehen und sagt: »Hier hat sich etwas geändert.«

Sie drehte sich um und sah zu einem Baugerüst, an dem wir gerade vorbei gegangen waren.

»Neben dem Baugerüst ist es. Das Gerüst gab es damals nicht.«

Neben dem Gerüst blieb sie stehen, betrachtete die Klingelschilder, sechs Parteien wohnten hier.

»Es war im ersten Stock, ich weiß aber nicht mehr, welche Klingeln es war.«

»Wir wissen nicht, ob Liz hier ist. Ich gehe auf die andere

Straßenseite und du klingelst. Da ist etwas, was ich dir bisher nicht gesagt habe. Es kann sein, dass Liz mich nicht sehen will. Gehe bitte alleine hinauf.«

Von der anderen Straßenseite sah ich, wie Abuya klingelte. Sie drückte die Tür auf und ging in den Treppenflur. Ich sah, wie das Treppenlicht anging. Es dauerte eine Weile, dann erlosch das Licht.

Ich sah auf die Uhr. Abuya war jetzt 10 Minuten in dem Haus. Dann ging das Treppenlicht wieder an und Abuya öffnete die Haustür. Sie winkte mir und eilig ging ich über die Straße.

»Liz ist oben, geh hinauf. Ich warte hier auf der Straße.«

»Nein, komm mit. Ich will dich hier nicht alleine auf der Straße stehen lassen.«

Ich ging langsam die Treppe hinauf. Im ersten Stock am Gangende stand eine Wohnungstür auf, Liz stand im Türrahmen. Langsam ging ich auf sie zu und ebenso langsam kam sie mir entgegen. Sie fiel mir um den Hals und murmelte: »Mein Gott bin ich froh, dass du da bist.«

»Komm, Liz, wir gehen nach Hause.«

3

Liz lag neben mir auf dem Soja, ihr Kopf ruhte auf meinem Schoß. Mit leiser Stimme erzählte sie, wie es ihr ergangen war. Anfangs war sie zu einer alten Frau geflüchtet, die sie kannte, seit sie in Valencia lebte. Die alte Frau, ihr Name war Elena, lebte unter dem Dach eines alten baufälligen Hauses, nicht weit von der Metro-Station Maritim-Serreria in der Nähe des Hafens. Im Dach des Hauses klafften breite

Spalten, aber in Valencia regnet es selten und nur im Januar sinken die Nachttemperaturen für wenige Tage auf 5 Grad. Das Haus sollte wegen Einsturzgefahr schon mehrmals abgerissen werden. Elena schlief auf einer Matratze, die sie im Sperrmüll gefunden hatte. An der niedrigen Wand standen leere Mandarinenkisten, die sie wie Schränke benutzte. Sie lebte hier seit zwei Jahren und zahlte keine Miete. Kaum jemand wusste, dass sie sich in dem Haus aufhielt. Die Besitzer würden das Haus abreißen lassen, wenn sie genug Geld hatten, etwas Neues auf dem Grundstück zu bauen.

Liz hatte Elena ihre Geschichte erzählt, wenigstens einen Teil. Elena hatte Mitleid und sie freute sich auch über ein wenig Gesellschaft. Sie hatte eine schmale Rente, aber ein Laib Brot mehr in der Woche und etwas Weißkäse konnte sie aufbringen. Vom Sperrmüll holten sie für Liz eine zweite Matratze. In den ersten Tagen verließ Liz erst nach Sonnenuntergang die Wohnung, um etwas frische Luft zu schnappen. Meistens ging sie am Strand spazieren.

Die Zitrus-Früchte wurden reif und Liz meldete sich als Erntehelferin. Viel Geld bekam sie nicht, aber wenigstens konnte sie ihr Brot und den Weißkäse jetzt selbst bezahlen. Manchmal brachte sie auch Mandarinen von den Plantagen mit, oder etwas Kuchen. Kuchen hatte Elena schon sehr lange nicht mehr gegessen.

Es war an einem Freitag. Liz kam von der Ernte, der Bus des Unternehmens hatte sie in der Nähe des Hauses abgesetzt. Sie betrat das Haus und schon auf der wackeligen Stiege wusste sie, dass etwas nicht stimmte. Ein bittersüßer Geruch hing in der Luft. Leise betrat sie das Dachzimmer.

Elena lag auf dem Boden, halb auf ihrer Matratze. Der Boden und die Matratze waren voller Blut, als habe man einen Eimer Blut vom Schlachthof ausgegossen. Elenas Kopf lag auf dem kleinen Tisch, ihre toten Augen blickten zur Tür.

Liz stand wie erstarrt. Dann drehte sie sich um und ging sich mühsam an der Wand abstützend die Holztreppe hinunter. Auf den letzten Stufen wäre sie beinahe gestürzt, weil ihr schwarz vor Augen wurde. Eilig verließ sie das Haus. Erst ging sie langsam, weil sich alles um sie drehte, dann rannte sie wie von Furien gehetzt die Straße entlang, immer weiter, egal wohin, nur weg.

Nach einer halben Stunde, genau wusste sie es nicht, blieb sie ermattet stehen. Inzwischen war es dunkel, es musste gegen Mitternacht sein. Sie ging hinunter zum Strand und dann Richtung Hafen. Nicht weit vom Hafen an der Strandpromenade standen hölzerne Verkaufsbuden, wo tagsüber Schals, Taschen, T-Shirts und Ähnliches verkauft wurden. Zum Teil standen die Buden dicht an dicht, manche auch etwas auseinander. Liz kroch in einen Spalt zwischen zwei Buden, zog eine schmutzige Plane über sich und schlief erschöpft ein.

Am Morgen wurde sie von Geklapper in der Bude wach. Die Besitzerin war gekommen und bereitete die Auslagen für den kommenden Tag vor. Als sie Liz sah, hob sie protestierend die Hände und Liz ging eilig weg.

Von ihrem letzten Kleingeld löste sie einen Busfahrschein und fuhr nach Betera, wo eine Bekannte wohnte, keine enge Freundin, aber Liz hoffte, bei ihr Unterschlupf zu finden.

4

Sie hatte sich auf den Rücken gedreht, ließ ihren Kopf in meinem Schoss, sah zu mir auf.

»Was willst du jetzt machen?«, fragte ich.

»Ich weiß nicht. Ich glaube, ich gehe in den Senegal zurück.«

»Wenn du das wirklich möchtest, werde ich dir helfen. Du hast keinen Pass und kein Geld für die Reise. Der Pass, das wird Zeit brauchen. In Madrid gibt es ein Generalkonsulat. Vielleicht haben wir in Valencia ein Honorarkonsulat, wo du den Pass beantragen kannst. Wenn du möchtest, kannst du so lange bei mir wohnen. Noch lieber wäre mir es, du bliebest für immer bei mir.«

»Ist das ein Heiratsantrag?«

»Ich bin beinahe doppelt so alt wie du, Liz, das möchte ich dir nicht antun. Aber du kannst bei mir bleiben und dann warten wir einfach, wie es mit uns wird. Sagen wir mal so - du bleibst und eine Heirat ist nicht ausgeschlossen.«

»Muss ich dir einen Antrag machen?«

Sie sagte das mit ihrer gurrenden Stimme, diese Mischung aus Katze und Papagei, wie es nur eine Afrikanerin fertigbringt. Dabei funkelte sie mich mit ihren großen Katzenaugen an und ihr Gurren brachte mich beinahe um den Verstand. Wollig rekelte sie den Kopf in meinem Schoß. Sie grinste und sagte: »Ich spüre da etwas Hartes. Ist es das, was ich denke?«

»Es ist das, was du denkst. Aber wir sollten jetzt erst überlegen, wie es weitergehen soll.«

»Vögelst du nicht mehr gerne mit mir?«

»Doch, aber gib mir erst eine Antwort. Bleibst du vorläufig hier? Ich frage nicht ohne Eigennutz.«

»Ich weiß, dann hast du mich immer im Bett.«

»Das auch, ja. Das stelle ich mir auch gerne vor, aber es gibt noch einen anderen Grund. Wenn du bei mir bist, trinke ich nicht und kann wieder schreiben.«

»Das ist ein sehr vernünftiger Grund, und ich bleibe gern bei dir. Aber jetzt tun wir ganz schnell etwas mit dem harten Ding zwischen deinen Beinen. Ich liebe es, wenn du so hart bist und ein paar Sachen, die du mit deiner Zunge machst, liebe ich auch. Oder hast du noch dringende Fragen, die wir unbedingt vorher klären müssen?«

Ich hatte keine Fragen. Sie zog mir die Hose aus und, unkompliziert, wie sie nun mal war, drehte sie ihr Gesicht nach unten. Das war aber erst der Anfang. Bevor es dann weiterging, legte ich noch eine CD auf. Dieses Mal von Billie Holiday. Sie gurrt noch intensiver als Etta James. Anschließend zogen wir vom Sofa um in das Bett, von dem Liz einmal gesagt hatte, darin könnte man so herrlich toben.

5

Liz hatte in den zwei Wochen, die sie bei mir wohnte, die Küche übernommen. Anfangs hatte ich mich etwas gesträubt, denn ich war nun mal ein Eigenbrötler, der nur ungern seine Gewohnheiten änderte. Zu meiner Überraschung gefiel es mir.

Schon während der kurzen Zeit merkte ich, wie mir das Zusammenleben mit Liz gefiel und auch sie schien es zu mögen. Meinem Schaffensdrang tat es gut. In der kurzen Zeit hatte ich mehr geschrieben, als früher, während meiner *Schlechtwetterphasen* manchmal in einem halben Jahr.

Wir hatten gefrühstückt, saßen bei der zweiten Tasse Kaffee, als Liz sagte: »Was willst du sagen? Dir brennt etwas auf der Zunge.«

Sie hatte eine unglaublich empfindsame Antenne für Stimmungen.

»Ja, da ist noch was. Ich habe Antonio versprochen, ihm bei seiner Mörderjagd zu helfen. Ich weiß, dass du Polizisten nicht ausstehen kannst, aber entweder wir gehen zu ihm ins Präsidium, oder er kommt hier her. Er will dir Fragen stellen.«

»Ich dachte, ich bin tot.«

»Jetzt nicht mehr. Ich habe mich eben damals im Leichenschauhaus geirrt. So was kann doch vorkommen?«

Ich sah sie an und versuchte zu grinsen, was mir nicht so recht gelingen wollte. Leichenschauhaus, das war auch kein Grund zum Grinsen. Immerhin hatte da eine tote Frau gelegen, sie war eingeäschert worden und jetzt ließ sich nicht mehr feststellen, wer sie in Wahrheit gewesen war.

»Gehen wir ins Präsidium. Ich möchte niemanden von der Polizei hier in der Wohnung haben. Geht es nur um den Kommissar?«

Erleichterte atmete ich auf. Ich hatte mit mehr Widerstand gerechnet.

Ich rief Antonio an und wir verabredeten einen Termin im Präsidium.

6

Am folgenden Tag erst im Präsidium eröffnete mir Antonio, dass Kommissar Sanchez und noch ein weiterer Kommissar dabei sein würde.

Wir saßen in Antonios Arbeitszimmer und ich redete ihn mit Kommissar Garcia an. Das Verhör war harmlos. Antonio Garcia hatte mehrere Seiten mit Fragen vorbereitet. Liz beantwortete die Fragen, teilweise betrafen sie auch mich, und viele Fragen konnten weder Liz noch ich beantworten.

Antonio war sehr freundlich zu Liz, auch der andere Kommissar war sehr zuvorkommen. Sanchez dagegen sagte kein Wort. Wir arbeiteten die Liste ab, im Wesentlichen ging es um meinen und Liz Bekanntenkreis, was für Liz nicht angenehm war. Trotzdem blieb die Atmosphäre entspannt. Die Fragen bezogen sich immer wieder auf Denia und Alicante. Nach zwei Stunden waren wir durch.

Der zweite Kommissar verabschiedete sich sehr höflich von Liz und auch von mir. Sanchez nickte uns nur kurz zu, dann verließen sie beide den Raum.

»War doch gar nicht so schwer, oder?«

Fragend sah er Liz an und sie nickte, war sichtlich froh, dass es vorüber war.

»Ich habe noch eine angenehme Nachricht. Wir haben jemanden in Haft genommen und seitdem hat es keine weiteren Morde mehr gegeben. Ich glaube, wir haben ihn. Deshalb haben sich auch so viele Fragen auf Denia und Alicante bezogen. Das wollte ich euch vorher nicht sagen.«

»Hier aus der Dienststelle?«

»Ein Polizist, aber nicht aus Valencia, aus Denia.«

»Aus Denia? Wie passt das zusammen?«

»Wir hatten bis vor Kurzem eine Computerverbindung nach Alicante und Denia. Da gab es möglicherweise ein Datenleck, das wird gerade von den Technikern geprüft. Über diese Verbindung hat man unsere Computer manipulieren können.«

»Hat der Mann aus Denia gestanden?«

»Nein. Ich bin aber guten Mutes, dass das bald geschehen wird und dann haben wir Ruhe.«

Ich sah ihn zweifelnd an. »Ich hoffe, du hast recht. Wir würden ungern aus Valencia weggehen, nur weil hier ein Irrer frei herumläuft.«

7

»Gehen wir heute in die Stadt?«, fragte ich.

Liz mochte es, in die Stadt zu gehen. Unsere Vergangenheit, ihre und auch meine, hatte uns zu Nachtgeschöpfen gemacht. Kneipen und Bordelle hatten nur nachts geöffnet, und wenn ich wieder einmal so richtig getankt hatte, war ich nicht selten erst zwei Tage später wieder zu Hause. Ausgelaugt, mehr als nur halb krank und oft ohne jede Erinnerung, wo ich gewesen war. Ich trank nicht mehr und noch besser, ich dachte nicht ständig an Alkohol, meine Gier wurde weniger.

Wir fuhren mit der Metro ins Zentrum. Ich stand etwas unter Zeitdruck, ich hatte noch ein paar Stunden zuarbeiten. Mein Verlag hatte mir einen konkreten Auftrag gegeben und den musste ich erfüllen. »Das ist der letzte Versuch mit dir«, hatte der Cheflektor am Telefon gesagt.

Es war gegen 19 Uhr, als wir die Metro-Station *Colon* erreichten. Liz hatte sich angewöhnt, sich bei mir unterzuhaken, wenn wir durch die Stadt spazierten. Ich war selbst überrascht, wie sehr ich das mochte, denn ich war die längste Zeit meines Lebens ein Einzelgänger gewesen. Liz war dabei, mir das gründlich auszutreiben.

»Hakt man sich im Senegal auch unter?«, fragte ich grinsend.

Sie lachte. »Wo denkt du hin! Der Senegal ist moslemisch.«

Das wusste ich, war ich doch oft genug in islamischen Ländern und auch in Dakar gewesen. Da hakt sich keine Frau unter, folgt dem Mann mit drei Schritten Abstand.

Wir gingen in das größte Kaufhaus am Platz, direkt in die Wäscheabteilung. Liz hatte eine Andeutung gemacht, dass sie etwas brauchte.

»Hilfst du mir beim Aussuchen, Luca?«, fragte sie.

»Natürlich. Sehr gerne. Geht es um so klitzekleine Slips?«

Sie strahlte mich an. »Bitte, ja. Wenn ich das meiner Mutter erzähle, wird sie mich für verrückt erklären.«

»Ich denke, deine Familie ist katholisch.«

»So steht es irgendwo in den Akten und manchmal gehe ich auch in die Kirche.«

Sie durchwühlte die BHs und Slips, zeigte mir ab und zu ein Teil, hielt es sich vor die Brust oder den Bauch. Sie genoss es, mit mir einzukaufen und mir machte es auch großen Spaß.

Zum Schluss kaufte sie etwas, was sie bisher überhaupt

nicht besaß - einen ziemlich knappen Bikini.

»Gehen wir damit gemeinsam an den Strand«, fragte sie.

Ich musste grinsen. »Natürlich. Aber anprobieren musst du in heute Abend.«

Anschließend setzten wir uns in ein Straßencafé und tranken Kaffee, Liz bestellte zusätzlich Eis. Dann spazierten wir weiter in die Altstadt. Ein Kreuzfahrtschiff lag im Hafen, die Stadt quoll über vor Touristen. Es war laut und in den schmalen Gassen der Altstadt herrschte großes Gedränge.

»Komm, Liz. Lass uns etwas essen, du hast bestimmt Hunger. Ich jedenfalls kann etwas vertragen.«

Die Dämmerung ist in Valencia die schönste Zeit des Tages. Mit Ausnahme der beiden kühlen Monate Dezember und Januar tanzen Nachtfalter im warmen, gelblichen Licht der Straßenlaternen, die an die alten Gaslampen erinnern. In der Altstadt auf den romantischen *Plazas* wachsen Zitrusbäume und im März duften die weißen Blüten. Vom Spätherbst bis Ende Januar hängen die Bäume voller dicker gelber Früchte.

Es war angenehm warm und wir setzten uns in ein Straßenlokal. Liz bestellte etwas mit Gambas und ich mit Thunfisch. Wir tranken Wasser dazu. Liz, weil sie es nicht anders gewohnt war und ich, weil ich es wollte. Auch ein trockener Alkoholiker bleibt ein Alkoholiker.

Wir waren beim Kaffee angelangt. Liz hatte mir von ihrer Familie und von Dakar erzählt. Ich hatte von meiner Familie und aus meinem Leben erzählt. Wir hielten Händchen und waren einfach nur glücklich.

Eine Gruppe Touristen kam die Straße entlang. Es

schienen Deutsche und Holländer zu sein. Einer sonderte sich ab und verschwand im dunkleren Teil der Gasse, um dort lautstark zu pinkeln. Die anderen sahen zu uns herüber und machten Bemerkungen über Liz und auch mich. Ich hörte, wie einer sagte: »Das muss eine Nutte sein. Ich möchte auch mal so ein Stück Pralinee ficken.«

Ich versuchte nicht hinzuhören, aber Liz mit ihrer feinen Antenne merkte, wie angespannt ich war. Ich hörte einen Touristen sagen: »Ich frage ihn mal, wo man hier schwarze Weiber findet.«

Er kam zu uns an den Tisch und sagte auf Englisch: »Hi, Mister. Wo finde ich solche Nutten, wie die hier?« Dabei deutete er auf Liz.

Ich sah ihn an, gab keine Antwort. »Sprichst du kein Englisch?«

Er stellte die gleiche Frage in einem schauderhaften Spanisch. Ich sah, wie die anderen Gäste zu uns herübersahen und auch der Kellner blickte mich fragend an. Auf mein Handzeichen hätte er sofort eingegriffen.

»Bist du Deutscher?«, fragte ich den Mann auf Deutsch.

Er sah mich verdutzt an. »Ja. Bin ich.« Er rief zu den anderen: »Kommt mal her, ein Landsmann.«

Aus der Gruppe kamen drei oder vier Männer zum Tisch und umringten uns. Ich sah, wie der Kellner ins Lokal eilte und nach dem Telefon griff.

»Passt mal auf, ihr blöden Wichser. Wenn ihr nicht gleich verschwindet, stehe ich auf und schlage zu. Mindestens zwei oder drei von euch schaffe ich, besoffen, wie ihr seid. Der Kellner telefoniert gerade mit der Polizei. Und bevor ihr noch weiter palavert und nur zur Information. Diese Frau ...«, ich deutete auf Liz, »ist meine Frau. Jetzt verschindet, aber schnellstens. Spanische Gefängnisse haben einen sehr schlechten Ruf.«

Verdutzt drehten sie sich um und gingen ziemlich schnell weiter. Ich machte zum Kellner ein Zeichen und er sprach hastig ins Telefon, gab vermutlich Entwarnung.

Wir fuhren bald mit der Metro nach Hause, aber unsere fröhliche Stimmung war verflogen.

Zu Hause sagte sie: »Ich spreche kein Deutsch, aber ich weiß, was der Mann gesagt hat. Sie haben mich für eine Hure gehalten. Sie haben recht, ich bin eine Hure.«

Sie saß auf dem Sofa und weinte. Ich setzte mich neben sie und legte meinen Arm um sie.

»Liz, ganz langsam. Das waren sehr dumme Männer. Sie würden jede schwarze Frau für eine Hure halten nicht nur dich. Das ist doch kein Grund zum Weinen.«

»Als wir uns kennenlernten, hast du mich mit zwanzig Euro bezahlt. Ich bin eine Hure.«

»Liz, darf ich dir etwas erklären? Ich liebe dich, egal, was du einmal warst. Weißt du auch seit wann?«

Mit tränennassen Augen schüttelte sie den Kopf.

»Seit wann?«, fragte sie.

»Vom ersten Moment an, mein Liebling. Auch, als ich dir den Zwanziger gegeben habe. Hast du auch verstanden, was ich zu dem Mann gesagt habe?«

Sie schüttelte den Kopf.

»Ich habe ihm gesagt, dass du meine Frau bist.«

»Weißt du was Luca? Ich liebe dich.«

Sie weinte dann noch ein bisschen, aber dann kam schnell die Liz wieder zum Vorschein, die Frau, die so schnell nichts umwarf, die es schaffte, aus einem Alkoholiker einen trockenen Alki zumachen und das ist wirklich ein hartes Stück Arbeit.

In der Nacht liebten wir uns, aber das war nicht der wilde Sex, den wir sonst hatten. Es war etwas, was man am schönsten auf Französisch sagt - *Je t'aime.*

Kapitel 10 - Abuya

Einige Tage später, es war nach Mitternacht und wir wollten gerade zu Bett gehen, klingelte Liz' Handy.

»Wer war das?«

»Abuya. Sie fragt, ob sie ein paar Tage bei uns wohnen kann. Miguel und wohl auch Jules sind hinter ihr her. Sie hat sich im La Charme nicht zur Arbeit zurückgemeldet und jetzt ist Miguel fürchterlich sauer.«

»Natürlich kann sie hier wohnen. Machen wir dann eine *Ménage à trois?«*

Sie boxte mir hart in die Rippen. »Untersteh' dich! Du vögelst nur mit mir und mit keiner anderen Frau.«

Ich legte ihr die Arme um den Hals und flüsterte ihr ins Ohr: »Dann musst du aber wiederholen, was du letzte Nacht mit mir gemacht hast.«

»Dummkopf. Das machen wir doch beinahe jede Nacht.«

»Wieso ist Jules hinter ihr her? Was hat der mit Abuya zu tun?«

»Du kennst die Zuhälter nicht. Die halten zusammen wie Pech und Schwefel, wenn es darum geht, ihre Mädchen einzuschüchtern.«

»Wo ist Abuya jetzt?«

»Sie wird gleich hier sein. Sie will am Parkeingang warten. Ich gehe hinunter, dann muss sie nicht lange suchen.«

»Nein, bleib hier. Ich gehe. Ich nehme einen Schlüssel mit. Mach nicht auf, wenn es klingelt oder klopft.«

Ich ging hinunter und stellte mich dem Haupteingang des *Parc Benicalap* gegenüber in eine dunkle Toreinfahrt. Ich wollte nicht gesehen werden. Der Park war schon lange geschlossen. Zehn Minuten später hielt gegenüber ein Taxi, und ich sah Abuya mit einem kleinen Rollkoffer aussteigen. Ich trat aus dem dunklen Tor, sah nach rechts und links die Straße hinunter, niemand war zu sehen. Die Gestalt kam näher und ich erkannte Abuya. Ich hob die Hand, winkte ihr zu und sie kam herüber.

»Komm schnell«, sagte ich. »Es sollte uns niemand sehen.«

Als wir in der Wohnung ankamen, kauerte sich Abuya auf das Sofa und fiel in einen Weinkrampf. Sie war völlig am Ende. Liz setze sich neben sie und nahm sie in den Arm. Ich wartete eine Weile, dann fragte ich: »Hast du Hunger?« Sie nickte.

»Bleibe bei ihr, ich koche Tee«, sagte ich zu Liz und ging in die Küche. Tee ist ein Wundermittel gegen alle möglichen Probleme.

Miguel hatte verlangt, dass sie weiter im La Charme arbeitet. Abuya wollte nicht. Miguel faselte dann etwas von einer Ablösesumme, die er für sie bezahlt hätte, und er würde ihr den Kopf abhacken. Die Mädchen wussten von dem Serienkiller und den abgehackten Köpfen und alle hatten fürchterliche Angst. Sie versteckte sich in Betera bei Marta, wo sie schon mit Jules einige Tage verbracht hatte. Dann tauchte Jules auf, und erklärte Marta, dass er den Auftrag hätte, Abuya zur Polizei zu bringen. Marta glaubte das, immerhin war ihr Enkel Leiter der Mordkommission. Gerade noch schaffte es Abuya, mit ihrem Koffer zu entwischen.

»Und jetzt bist du hier«, sagte ich. »Ich helfe dir und Liz auch. Also höre auf zu weinen.«

Kapitel 11 - Sanchez

1

Am folgenden Vormittag brach unsere wunderschöne Idylle wie ein Kartenhaus zusammen. Antonio rief an; er war ausgesprochen mieser Laune.

»Ich muss dich dringend sprechen.«

»Was gibt es denn?«

»Nicht am Telefon. Ich bin in der Nähe. Komm in das Café um die Ecke auf der Burjassot. Ich will nicht, dass Liz etwas mitbekommt.«

Ich rief: »Liz, ich bin einen Moment weg. Ich komme bald wieder, so in einer Stunde.«

Ich ging die wenigen Schritte zum Café. Antonio wartete bereits mit finsterer Miene.

»Ich habe schlechte Nachrichten. Der Polizist, den wir in Denia verhaftet hatten, hat sich in seiner Zelle erhängt. Er hat einen Abschiedsbrief hinterlassen. Er ist definitiv nicht der Mörder. Das war ein fürchterlicher Irrtum von uns, ganz besonders von mir. Ich würde jetzt gerne etwas anderes trinken, als Kaffee, das kannst du mir glauben.«

Wütend schlürfte er seinen Kaffee.

»Jetzt kommt es ganz dick. Sanchez ist seit zwei Tagen verschwunden; er hat einen langen Brief hinterlassen. Er schreibt, es sei jetzt an der Zeit, die Ordnung wieder herzustellen.«

»Was heißt das? Was für eine Ordnung.«

»Er will die Unordnung beseitigen, die seiner Ansicht nach Prostituierte anrichten. Er ist unser Mann, er ist der Serienkiller.«

Er winkte dem Kellner und bestellte neuen Kaffee.

»Ich habe recherchiert. Sanchez' Vater ist unter sehr unerfreulichen Umständen aus Valencia weggegangen. Er hatte sich mit einer schwarzen Prostituierten eingelassen. Das ist wohl über einen längeren Zeitraum gegangen. Als Sanchez Mutter dahinterkam, hat sie sich umgebracht. Sie hat die Badewanne voll heißes Wasser laufen lassen, sich hineingesetzt und sich in der Wanne die Halsschlagader aufgeschnitten. Es war ein brutaler Schnitt, ich habe Tatortfotos gesehen. Unglaublich, wie man sich selbst so einen Schnitt zufügen kann. Anfangs hat die Polizei auch an Mord geglaubt, weil der Schnitt so tief war. Aber es war eindeutig Selbstmord. Und nun rate mal, wer die Leiche gefunden hat.«

»Sanchez.«

»Stimmt. Der Vater ist nach Madrid gegangen und den Rest kannst du dir denken.«

»Was wurde aus der Frau, ich meine die schwarze Prostituierte?«

»Tot. Ein Autounfall mit tödlichem Ausgang.«

»Wer war der Fahrer?«

»Fahrerflucht.«

»Wo ist das passiert?«

»An der *Pont de Fusta*, auf der vierspurigen Avenida. Morgens um 3 Uhr. Keine Zeugen, kein Fahrzeug, kein Fahrcr. Nur eine tote Nutte. Die Polizei hat sich nicht groß für den

Unfall mit einer toten Nutte interessiert.«

»Wie lange ist das jetzt her?«

»Etwa fünf Jahre. Sanchez war zu diesem Zeitpunkt noch in Barcelona.«

»Dann ist es wohl das Beste, wir verschwinden sofort, oder?«

»Dazu rate ich dir dringend. Es passt alles zusammen. Die Techniker bestreiten, dass es ein Loch in unserem Computernetzwerk gibt. Nur jemand aus unserem Präsidium konnte die Akten manipulieren und deine DNA in Jomos Mund zaubern. Und noch etwas, das kannst du nicht wissen. Als ich Sanchez sagte, Liz sei aufgetaucht und würde sich als Zeugin zur Verfügung stellen, hat er sich gefreut wie ein kleines Kind. 'Jetzt wendet sich ja doch alles zum Guten', hat er mehrmals gemurmelt. Ich habe das noch genau im Ohr. Das hat nichts mit dir zu tun, auch nicht mit Liz. Sie ist Schwarz, sie hat als Prostituierte gearbeitet, das reicht ihm. Du bist ihm nur zufällig in die Quere gekommen.«

»Und Irina? Irina war weiß, auch der Tanzlehrer. Wie passt das zusammen?«

»Der Tanzlehrer war bi-sexuell, das hatte ich dir erzählt. Der Partner des Tanzlehrers ist schwarz. Der war das Ziel. Sanchez glaubte vermutlich, der Schwarze sei mit Irina im Bett, und als er merkte, dass er sich geirrt hatte, hat er sicherheitshalber den weißen Tanzlehrer und Irina umgebracht. Es passt alles. Aber ...«, er stockte.

»Was aber?«

»Ich habe keine Ahnung, wie ich das alles beweisen soll. Wenn ich Sanchez finde und ihn festnehmen lasse, setzt sich sein Vater in Madrid in Bewegung. Sanchez ist sofort raus aus dem Knast und ich werde vom Dienst suspendiert. Und Sanchez mordet fröhlich weiter.«

»Was mache ich jetzt? Übrigens ist Abuya bei uns. Sie ist auch auf der Flucht, nicht vor Sanchez, sondern vor dem Manager des La Charme. Der will eine Ablöse kassieren und hat seine Spürhunde in Bewegung gesetzt.«

»Wann kannst du hier weg?«

»Ich brauche zwei oder drei Tage, hier alles zu regeln. Dann verschwinden wir nach Barcelona. Wenigstens fürs Erste. Was dann kommt? Ich weiß es nicht.«

Wäre ich alleine, könnte ich alles schneller regeln, hätte ich beinahe gesagt. Ein sehr unfairer Gedanke.

»Ich stelle euch Personenschutz vor die Tür. Okay? Die gleichen Leute, die ich schon einmal aus Barcelona geholt habe, als du aus dem Krankenhaus kamst. Gebe mir Schlüssel für das Haus und die Wohnung. Sollte Gefahr für euch bestehen, können wir sofort eingreifen.«

»Ich habe nur einen Schlüssel bei mir. Komm mit ins Haus, ich gebe dir meinen Schlüssel. Liz muss dich ja nicht sehen.«

Wir gingen zusammen zum Haus, ich schloss die Tür auf und gemeinsam stiegen wir die Treppe hinauf. Oben öffnete ich die Wohnungstür und gab Antonio die Schlüssel. Schweigend reichten wir uns die Hand und er ging leise die Treppe hinunter.

»Alles in Ordnung?«, fragte Liz.

»Ja, mein Liebling. Es ist alles prima.«

Sie kam in den Flur, wo ich mir gerade die Schuhe abstreifte, legte mir die Arme um den Hals und gurrte: »Ich mag es, wenn du mein Liebling zu mir sagst.«

In der Nacht wurde ich von einem ungewöhnlichen Geräusch wach. Liz lag zusammengerollt eng neben mir. Spanische Neubauten sind hellhörig und nachts voller eigenartiger Geräusche. Ich drehte mich wieder auf die Seite.

Erneut schreckte ich hoch. Etwas stimmte nicht. Dann sagte jemand: »Na du Schwuchtel? Liegst du mit deiner schwarzen Nutte im Bett?«

Ich spürte einen kühlen Gegenstand im Nacken und ein heftiger Schmerz schoss durch meinen Kopf und meine Brust.

2

Wie unter einem Kälteschock kam ich am ganzen Körper zitternd zu mir. Ich lag auf dem Sofa. Abuya lag rücklings auf dem großen Esstisch. Sie war nackend. Die Arme waren ihr über den Kopf gereckt und mit Handschellen an zwei Tischbeine gekettet. Ihre Beine hingen über die Tischkante und waren mit Klebeband an die anderen beiden Tischbeine gefesselt. Sanchez stand mit dem Rücken zu mir.

Ich musste wohl gestöhnt haben, denn er drehte sich um und sagte: »Endlich wach? Wurde aber auch Zeit. Du hättest beinahe das Beste versäumt. Jetzt werden wir endlich alles bereinigen, was sich an Schmutz zwischen uns angesammelt hat. Das ist gut, man soll ungelösten Problemen nicht aus dem Weg gehen, das hat mich mein Vater gelehrt.«

Ich versuchte mich zu bewegen, jeder Versuch schmerzte höllisch. Mein Mund war mit breitem Klebeband verklebt.

Sanchez lachte. »Wehre dich nur, Schwuchtel. Du hast einen Stromstoß von meinem Elektroschocker im Genick abbekommen. Davon erholt man sich nicht so schnell. Mit dem Schocker habe ich mal eine schwarze Nutte in die Hölle geschickt. Im Moment habe ich keine Zeit für dich, das verstehst du sicher. Jetzt ist erst einmal diese schwarze Hure an der Reihe, und dann werde ich mich mit dir und deiner Fotze unterhalten. Sieh genau zu, du hast einen Ehrenplatz.«

Er wandte sich wieder Abuya zu, die regungslos auf dem Tisch lag. Es ist unmöglich, meine Gefühle zu beschreiben, ich kann es nicht, es gibt keine Worte dafür. Erstarrt? Kälte, das trifft es. Kalt wie Eis.

Sanchez nahm die Machete aus dem Regal, die ich aus Lobito mitgebracht hatte. Er trat neben Abuya, nahm Maß wie ein Holzfäller, schwang die Machete über den Kopf, und ihr Kopf rollte über den Tisch. Wie ein Sturzbach schoss ein Schwall Blut aus dem Halsstumpf, spritzte über den Tisch und den Boden, bespritzte die Kommode und die Wand. Blut tropfte an der Wand herunter. Abuyas Körper auf dem Tisch zuckte wenige Sekunden, lag dann still.

»Nun kommt der angenehme Teil, mein Freund. Jetzt werde ich es dieser dreckigen Hure besorgen und du hast einen Logenplatz. Du solltest mir dankbar sein, dass du das erleben darfst. Bedauerlich nur, dass ich dich und deine Schlampe auch töten muss, aber das verstehst du sicher.«

Er zog sich nackend aus und ich sah, dass sein Penis kerzengerade von seinem Körper abstand. Der Penis war lächerlich kurz. Er beschmierte ihn mit Abuyas Blut und massierte ihn intensiv.

Vorsichtig bewegte ich meine Hände, drehte sie hin und her und unerwartet schnell hatte ich eine Hand frei. Sanchez hatte mich nur mit dem Gürtel meines Bademantels gefesselt. Der Schocker war wohl doch nicht so wirksam, wie er geglaubt hatte. Ich sah hinüber zu der schweren Ebenholzfigur, die neben dem Weinregal stand. Nur nichts überstürzen. Erst musste er intensiv mit Abuyas Körper beschäftigt sein.

Sanchez fummelte an seinem Penis herum, scheinbar war er mit dem Ergebnis nicht zufrieden.

»Muss heute reichen«, hörte ich ihn ärgerlich wie in einem Selbstgespräch sagen. Er spreizte Abuyas Beine, drang in sie ein und begann langsam und regelmäßig wie eine Maschine, in den leblosen Körper hineinzustoßen.

Vorsichtig richtete ich mich auf. Zwischen mir und der Figur stand der niedrige Glastisch. Ich hoffte nur, dass ich trotz des Stromstoßes meine Muskeln unter Kontrolle hatte.

In diesem Moment hielt er inne und sah zu mir herüber. Ein Ausdruck des Erstaunens huschte über sein Gesicht, dann ein Lächeln. Er zog seinen Penis aus der Leiche und drehte sich zum Sideboard, wo sein Gürtel mit dem Revolver und dem Elektroschocker lag.

»Mach nur«, sagte er. »Das macht ja noch viel mehr Spaß.«

Er griff zu seinem Gürtel und in diesem Moment sprang ich hoch, stand mit einem Bein auf dem Glastisch. Krachend zersplitterte die Glasplatte unter meinem Gewicht, mit dem anderen Bein landete ich auf dem Boden. Sanchez zog den Elektroschocker aus dem Gürtel und kam grinsend auf mich zu. Albern sah er aus in seiner Nacktheit mit seinem viel zu kurzen, blutverschmierten Schwanz.

Ich ergriff die Statue, riss sie hoch, drehte mich einmal um meine Achse und schmetterte sie ihm seitlich in die Halsbeuge. Mit erstaunten Augen sah er mich an, sackte langsam auf die Knie. Erneut hob ich die Figur, drehte mich wieder um meine Achse und hieb sie ihm auf den Schädel. Es gab ein Geräusch, als zerbräche ein dicker Ast. Er sackte zur Seite, blieb auf dem Rücken liegen und mit leeren Augen starrte er zur Decke.

Aus dem Schlafzimmer drang ein Winseln. In diesem Moment knirschte ein Schlüssel im Schloss der Wohnungstür. Ich hob erneut die Figur, bereit noch jemanden zu erledigen.

Es war Antonio. Er hielt seine Pistole auf mich gerichtet.

»Nur die Ruhe«, sagte er und senkte die Waffe.

Ich ließ die Figur auf den Boden fallen.

Er sah zu Abuyas Leiche. »Mein Gott«, mehr brachte er nicht heraus.

»Er hat Liz mit dem Elektroschocker betäubt.«

Wir eilten ins Schlafzimmer und Antonio kniete sich neben das Bett, fühlte ihren Puls am Hals.

»Geht langsam, aber regelmäßig. Wir schaffen sie sofort ins Krankenhaus. Was ist mit ihm?«

Er deutete auf Sanchez, dessen leere Augen zur Decke starrten. Er bückte sich, legte zwei Finger auf Sanchez'

Halsgrube, lauschte einen Moment.

»Nichts. Das war ganze Arbeit.«

Er ging wieder ins Schlafzimmer zu Liz, fühlte erneut ihren Puls.

»Luca, jetzt frage nicht groß, wir haben keine Zeit für Diskussionen. Ich sage dir, was wir jetzt machen. Wir werfen Sanchez mit dem Kopf voran aus dem Fenster. Vierter Stock - das erklärt die Schädelverletzung. Ich verschwinde sofort und warte am Parkeingang. Dann rufst du mich auf dem Handy an und als Retter in der Not komme ich dir zur Hilfe. Jetzt das Wichtigste. Wenn ich den Toten auf dem Bürgersteig *zufällig* entdecke, telefoniere ich sofort nach Verstärkung, erst dann komme ich die Treppe heraufgestürmt. Du sagst - merke dir das, das ist sehr wichtig - du sagst: *'Hie r war noch ein Mann, Sanchez wollte mir helfen. Der fremde Mann hat Sanchez aus dem Fenster geworfen und ist über den Innenhof geflüchtet'*. Kapiert?«

»Warum? Sanchez ist ein Massenmörder ...«, hob ich protestierend an. Antonio nahm mich grob bei der Schulter, zog mein Gesicht dicht vor seins. »Luca! Keine Widerrede jetzt. Wir müssen handeln«, herrschte er mich an. »Glaube mir, das ist die einzige Möglichkeit, dich und Liz aus dem Schlamassel herauszuholen. Jetzt hilf mir, den Kerl aus dem Fenster zu werfen.«

Wir zogen und zerrten, Tote sind schwerer als Lebende. Am Fenster wuchteten wir ihn hoch. Ich schob eine Seite des Schiebefensters auf, und wir hievten ihn mühsam über das Fensterbrett. Halb hing er aus dem Fenster, seinen Unterleib und die Beine hielten wir noch. Vorsichtig sah

Antonio hinaus.

»Niemand zu sehen. Los jetzt.«

Er sah mir wild ins Gesicht. »Vergiss nicht! Sanchez ist ein Held. Der Mörder ist geflohen. Auch wenn du kotzen musst bei der Vorstellung.«

Langsam schoben wir Sanchez Körper über das Fensterbrett, und noch bevor er hinabstürzte, rannte Antonio hinaus auf die Treppe. Unten krachte es, als sei ein Sack Melonen auf den Bürgersteig geknallt. Einen Moment später hörte ich die Haustür zuschlagen und Antonios eilige Schritte entfernten sich.

Liz wimmerte leise. Ich nahm ihre Hände und sagte: »Einen Moment, mein Liebling.«

Ich rannte ins Bad, holte meinen Bademantel und deckte sie notdürftig zu. «Ich bin gleich für dich da.«

Ich nahm mein Handy vom Sideboard und suchte hastig im Speicher nach Antonios Nummer und drückte *verbinden*.

Antonio meldete sich mit: »Hallo.«

»Kommen Sie schnell, Kommissar Garcia. Hier ist ein Verbrechen geschehen. Bestellen Sie einen Rettungswagen.«

Kapitel 12 - Genesung

1

Man brachte Liz und mich in das gleiche Krankenhaus. Liz lag in der Frauenabteilung, zwischen uns befand sich nur der Treppenaufgang mit dem Fahrstuhl. Nach vier Tagen setzen die Ärzte meine Medikamente ab und ich durfte im Zimmer auf und ab laufen. Bald ging ich über den Gang oder saß im Warteraum für Besucher und las Zeitung. Ich war nur eine Woche außer Gefecht gewesen. Ich hätte den Elektroschock auch ohne Medikamente überstanden, aber die Ärzte hatten mich nicht gefragt. Wenn man in diesem Zustand eingeliefert wird, ist die erste ärztliche Amtshandlung, den Patienten zu entmündigen.

In der zweiten Woche erzählte mir der Stationsarzt, dass Liz nur wenige Meter von mir entfernt läge.

»Darf ich sie sehen?«, fragte ich den Stationsarzt.

Der schüttelte entsetzt den Kopf. »Um Gottes willen, nein. Wo denken Sie hin!«

Ich fragte die Nachtschwester nach Elizabeth Obako und sie sagte mir die Zimmernummer. Wie es ihr ginge, wusste sie nicht.

Zwei Tage später schlich ich mich weit nach Mitternacht in den Frauentrakt. Vorsichtig öffnete ich die Tür. Es war ein Zweibettzimmer, das zweite Bett war nicht belegt.

Liz hing am Tropf, sie schlief. Leise zog ich mir einen niedrigen Hocker neben das Bett und setzte mich zu ihr. Vorsichtig nahm ich ihre Hand. Sie fühlte sich fest und trocken an, nicht heiß. Ich muss wohl eine Stunde da gesessen haben und hörte nur ihren ruhigen Atemzügen zu. Dann schlich ich zurück in mein Zimmer. Niemand hatte meinen Ausflug bemerkt.

In der folgenden Nacht kurz nach Mitternacht besuchte ich sie erneut. Ich zog wieder den Schemel neben ihr Bett und hielt ihre Hand, murmelte leise ihren Namen. Sie reagierte nicht. Nach einer Stunde wollte ich leise das Krankenzimmer verlassen und öffnete vorsichtig die Tür zum Gang. Gerade noch rechtzeitig sah ich eine Schwester den Gang entlang kommen und schnell drückte ich mich zurück ins Zimmer. Die Schritte verhallten und ich wollte den Raum verlassen, als ich eine Stimme hörte.

»Luca.«

Sehr leise, kaum mehr als ein Flüstern.

Ich zog den Schemel neben das Bett und setzte mich.

»Hörst du mich?« Ich sprach Französisch, ihre zweite Sprache. Erst gab sie keine Antwort, dann murmelte sie: »Warst du gestern hier?«

»Ja, mein Liebes, ich war auch gestern hier.«

Ich nahm ihre Hand und zog sie an meine Lippen. Eine Weile sprach sie nicht mehr und ich glaubte, sie schliefe wieder. Dann flüsterte sie: »Jetzt wird alles gut.«

2

Tags darauf sprach ich mit dem Oberarzt, wollte wissen, wann ich entlassen werde. Es folgte das übliche Theater. Ich sei eine Gefahr für mich selbst, für meine Umgebung, für die gesamte zivilisierte Welt. Weshalb ich eine Gefahr darstellte, sagte er mir nicht. Ich bat um einen Besuch von Kommissar Garcia. Mehrere Tage musste ich meine Bitte wiederholen, bis Antonio endlich kam.

»Wie sieht es in der Welt aus? Dreht sie sich noch?«, fragte ich.

»Sie klemmt und quietscht etwas, dreht sich aber mehr oder weniger unverändert. Kommissar Sanchez ist ein toter Held, weil er dir das Leben gerettet hat. Sein Vater im Justizministerium ist sauer auf mich, deshalb hat man mich nach Denia versetzt. Dort braucht man keine Polizisten, wenigstens niemanden von der Mordkommission. Da vergewaltigt höchstens mal ein Hahn eine Henne oder ein Karnickel wird überfahren, mehr passiert da nicht. Man will mich kaltstellen, das ist der Grund für die Versetzung.«

»Was ist mit mir?«

»Nichts weiter. Du bist ein bedauernswertes Opfer. Dafür gibt es keinen Orden, man wird dich aber in Ruhe lassen.«

»Und Liz?«

»Sobald sie transportfähig ist, wird sie in den Senegal verfrachtet. Man macht das ohne großes Theater, keine offizielle Abschiebung, man will sie nur loswerden.«

»Sie liegt auch in diesem Krankenhaus. Ich besuche sie jede Nacht. Jeder halbwegs vernünftige Mensch weiß, dass sie keine Gefahr ist, für niemanden. Also weshalb eine

Abschiebung?«

»Man befürchtet einen Skandal, wenn sie redet.«

»Sie wird nicht reden, sie ist froh, dass sie lebt. Was ist, wenn ich rede? Was passiert, wenn ich sage, Liz bleibt hier, oder ich rede?«

»Dann mein Freund, fürchte ich, wirst du so lange in dieser oder einer ähnlichen psychiatrischen Einrichtung liegen, bis du deinen eigenen Namen nicht mehr weißt.«

»Antonio, sage mir einfach, wie ich es anstelle, dass sie hier bleiben kann.«

»Willst du das wirklich? Sie ist eine Prostituierte.«

»Das vergesse ich nicht. Ich bin ein Schriftsteller, der schon seit Jahren nur Kleinkram zustande bringt, weil er meistens unter Alkohol steht. Liz ist so was wie meine Krücke, meine Stütze. Wenn sie weg ist, bin ich auch schnell weg. Begreifst du das?«

»Ich verstehe das. Meine Meinung spielt aber keine Rolle. Deine Argumente interessieren niemanden und weißt du auch warum? Weil man nicht traurig wäre, wenn du auch Spanien verlässt und so richtig glücklich würde man sein, wenn du vor einen Bus fällst. Du bist Bürger eines EU-Landes, nur das schützt dich.«

»Was soll ich tun, was rätst du mir?«

»Liebst du sie, obwohl sie eine *Puta* ist?«

Ich musste nicht lange überlegen, ließ mir trotzdem Zeit mit der Antwort.

»Ja, Antonio, ich liebe sie. Ihr Vorleben interessiert mich nicht.«

»Dann musst du sie heiraten, das ist der einzige Weg.«

»Ich weiß, das werde ich auch, wenn sie mich will.«

»Sie hat keine gültigen Papiere, du kannst sie nicht in Spanien heiraten. Lass sie in den Senegal ausreisen, besorge dir selbst korrekte Papiere, dann reist du in den Senegal und dort heiratet ihr. Niemand kann ihr dann die Einreise in ein europäisches Land verweigern.«

»Das ist alles viel zu kompliziert. Warum nicht hier?«

»Du vergisst, dass sie keine Papiere hat. Selbst wenn ihr verheiratet seid, würde ich dir raten, über Italien oder Deutschland einzureisen. Darfst du dich in Deutschland blicken lassen?«

»Wir reisen am sichersten über Frankreich ein. Deutschland? Ich will es lieber nicht ausprobieren. Zumindest sind ein paar Leute dort ziemlich sauer auf mich. Weshalb hat man dich strafversetzt?«

Antonio lachte. »Das ist nur eine vorbeugende Maßnahme. Ich bin bald wieder in Valencia. Meine Familie ist hier geblieben, ich habe in Denia nur ein Zimmer gemietet. Man will mir nur zeigen - wir haben Macht über dich. Das ist alles. In drei Monaten spätestens bin ich zurück.«

»Die müssten dir doch dankbar sein. Du warst behilflich, alle Morde unter den Teppich zu kehren.«

»Ich weiß. Vorbeugende Maßnahme. Ich komme bald zurück. Bleibst du in Valencia?«

»Würde ich gerne. Hier habe ich Freunde, Valencia gefällt mir.«

»Du solltest verschwinden, Luca. Du stolperst hier an

allen Ecken über Liz' Vergangenheit. Du sagst, das interessiert dich nicht, aber denke an Liz, es ist auch ihre Erinnerung. Wenn ihr in der Stadt spazieren geht, wird sie an manchen Ecken denken - dort habe ich auch gestanden und auf Freier gewartet.«

»Wo sollen wir hin? Wir sind hier beinahe so was wie zu Hause.«

»Geht nach Frankreich, das ist mein Rat.«

Kapitel 13 - Flucht

1

In der Nacht besuchte ich Liz. Schweigend setzte ich mich neben sie. Es war hell im Zimmer, beinahe Vollmond. Sie lächelte und ich hörte sie flüstern: »Luca.«

Sie drehte den Kopf zu mir und sah mich an. Sie schien hellwach zu sein. »Ich habe auf dich gewartet.«

»Verstehst du mich?«, fragte ich vorsichtig.

»Ich habe meine Tabletten nicht genommen. Niemand hat es gemerkt.«

Ich fühlte ihre Hand. Ihre Haut war trocken und der Puls normal.

»Hast du Schmerzen?«

»Nein, überhaupt nicht. Ich weiß nicht, weshalb ich noch hier bin.«

Sie stemmte sich auf und legte sich auf die Seite. Ich sah, dass man ihr auch alle Kontakte zu den Monitoren abgenommen hatte.

»Liz, ich habe eine wichtige Frage. Willst du mich heiraten?«

»Hatten wir nicht gesagt, dass ich dir einen Antrag machen müsste?«

»Willst du?«

Sie lächelte. »Ja, aber nur unter der Bedingung, dass du ab und zu für mich Spaghetti kochst.«

Ich nahm ihre Hand und drückte sie an mein Gesicht.

Selbst inmitten antiseptischer Reinigungsmittel roch sie nach Zimt und Nelken.

»Gut. Nachdem wir das geklärt haben, müssen wir etwas Dringendes besprechen. Man will dich in den Senegal abschieben.«

Sie sah mich entsetzt an.

»Antonio Garcia hat mich auf eine Idee gebracht. Wir verschwinden nach Frankreich, von hier sind die Grenzen offen. Hast du irgendwelche Papiere, Geburtsurkunde oder so etwas?«

Sie überlegte eine Weile und sagte dann: »Ich habe eine Bescheinigung vom Gesundheitsamt für den AIDS-Test. Mehr nicht. Pass, Geburtsurkunde, alles ist weg. Nur die *Tarjeta Residencia* habe ich hier in der Schublade.«

»Das reicht, Liz. Damit kommen wir weiter. Wir müssen jetzt Folgendes machen. Höre bitte genau zu.«

Ich erklärte ihr ausführlich, was sie tun musste.

2

Zwei Tage später an einem Sonntag besuchte mich Antonio.

»Ich sage es dir ungern, Luca, aber Liz geht es unerwartet schlecht. Ein Gutes hat die Sache allerdings. Man wollte sie am kommenden Dienstag ins Flugzeug nach Dakar setzen. Das muss man jetzt verschieben.«

Er sah mich misstrauisch an, als ich ihn angrinste.

»Antonio, du bist mein allerbester Freund und ich habe für dich auch den Serienkiller gefangen. Nicht nur gefangen, sondern auch der Provinz Valencia einen unangenehmen Prozess und hohe Kosten erspart. Hättet ihr mir mehr Zeit gelassen, hätte ich den Kerl auch eingeäschert und euch die Beerdigungskosten erspart. Jetzt bist du mir einen Gefallen schuldig.«

Er war nicht begeistert, als ich ihm sagte, was ich von ihm wollte. Aber nachdem ich ihn mehrfach an unsere Freundschaft erinnert hatte, es ist immer unangenehm, wenn man Freunde daran erinnern muss, gab er seine Zustimmung.

3

Am Montag, einen Tag, nachdem Antonio mich besucht hatte, kam Druck aus einer ganz anderen Ecke. Ich hatte es mir gerade bequem gemacht, ein paar Zeitungen aus dem Warteraum geholt. Unerwartet stand Antonio in meinem Zimmer.

»Wenn du immer noch Liz willst, müssen wir uns beeilen. Die Abschiebung ist für Mittwoch geplant, übermorgen. Liz hat etwas überzogen mit ihren Darstellungskünsten als völlig ausgerastete Insassin einer Psychiatrie. Organisch ist sie gesund, deshalb will man sie schnellstens loswerden. Seid ihr heute Nacht bereit?«

»Sind wir.«

»Ich habe alles für heute geplant. Du gehst heute Nacht kurz vor 1 Uhr hinüber, holst sie und dann verschwindet ihr. Jetzt wird nicht gekniffen, Luca.«

»Wo können wir vorübergehend bleiben?«

»Meine Frau hat in Denia ein kleines Zimmer gemietet. Dort seid ihr erst mal sicher, könnt euch erholen. Zwei

Wochen später, wenn sich alles beruhigt hat, bringe ich euch nach Marseille.«

»Du fährst uns selbst?«

»Das geht nicht anders. Ich will niemanden einweihen. Ich komme genau um 10 Minuten nach 1 Uhr mit dem Fahrstuhl nach oben und blockiere ihn mit einem Pflaster auf der Lichtschranke. Du kommst mit Liz, ziehst das Pflaster ab und ihr fahrt in den obersten Stock. Dort warte ich. Bringe drei Arztkittel aus der Wäschekammer mit, die brauchen wir. Hier eine Lampe, die wirst du brauchen. Alles klar?«

Er gab mir eine kleine Taschenlampe, wie ein Kugelschreiber sah sie aus.

4

In der Nacht ging ich sehr frühzeitig in den Frauentrakt. Die Stockwerke waren identisch organisiert und mit verbundenen Augen hätte ich die Wäschekammer gefunden. Ich schlich mich leise in die Kammer und ließ kurz die Lampe aufblitzen. In einem Regal sah ich säuberlich gestapelt die Arztkittel, Mundschutz, die Häubchen. Ich nahm eine Garnitur heraus, zog den Kittel über, setzte das Häubchen auf, band den Mundschutz um, ließ ihn aber herabhängen. Dann nahm ich zwei weitere Kittel, Haube und Mundschutz aus dem Regal. Vorsichtig öffnete ich die Tür, der Gang war frei. Ich ging Richtung Liz' Krankenzimmer und öffnete die Tür. Schnarchen drang mir entgegen. Ich sah, dass auch das zweite Bett belegt war. Leise ging ich zum Fenster. Liz schlief. Ich legte ihr eine Hand auf den Mund und sie schrak hoch.

»Still Liz. Ich bin es.«

Das Schnarchen verstummte, die andere Patientin sah zu uns herüber.

»Schnell, steh auf. Zieh den Kittel über, deine Sachen lassen wir hier. Vergiss deine *Tarjeta Residencia* nicht, die brauchen wir.«

Sie huschte aus dem Bett und zog über ihren Schlafanzug den weißen Kittel, schlüpfte in ihre Schuhe. Von dem Nachbarbett drangen Geräusche herüber.

»Was ist mit ihr?«

Liz machte nur eine Handbewegung zum Kopf.

»Setze die Haube auf und binde dir den Mundschutz um. Komm, ich helfe dir.«

Ich zog ihr den Mundschutz über den Kopf, schob die Gummibänder in den Nacken.

»Zum Fahrstuhl.«

Wir traten auf den Gang und leise zog ich die Tür hinter mir zu.

»Weiter, aber ohne Eile.«

Wir gingen zur Flurtür. Kurz bevor wir sie erreichten, wurde sie aufgestoßen und eine Schwester kam uns entgegen. Liz erstarrte. Ich nahm fest ihren Arm und führte sie weiter, direkt auf die Schwester zu.

»Hola! Buenas noches«, sagte ich freundlich.

Die Schwester sah uns verdutzt an und sagte dann ebenfalls: »Hola, Señor.« Sie hielt uns für Ärzte.

»Komm weiter«, sagte ich leise.

Auf dem Flur wartete der leere Fahrstuhl, die automatischen Türen weit offen. Ich ließ meine Hand am Rahmen herabgleiten, fand das Pflaster, zog es ab und drückte auf den obersten Knopf, achter Stock. Die Türen wackelten einen Moment, der Mechanismus war aus dem Gleichgewicht. Dann schlossen sich die Türen und der Fahrstuhl schwebte nach oben.

Liz stand eng an mich gedrückt. Als sich oben die Tür öffnete, stand Antonio davor. Liz zuckte zusammen, sie kannte ihn nur als Polizisten.

»Keine Angst. Er ist unser Freund.«

Ich reichte ihm den Arztkittel und Mundschutz. Blitzschnell streifte er den Kittel über und zog den Mundschutz vor sein Gesicht.

»Zieht den Mundschutz vor eure Gesichter, hier gibt es überall Video-Kameras«, flüsterte er.

Der Bettenaufzug war am anderen Ende des Ganges. Antonio hatte die Lichtschranke der Tür mit einem Besen blockiert. Wir betraten die Kabine und er nahm den Besen mit nach innen und wir fuhren hinunter in den ersten Stock.

»Wir gehen die Personaltreppe hinunter. Die endet in einem Bereich der Halle, der nachts nicht beleuchtet ist.«

Wir liefen die Treppe hinunter, traten durch die Schwingtür in die Halle. Es war dunkel, wie Antonio gesagt hatte. Ich sah gegenüber den schwach beleuchteten Empfang. Der Pförtner saß mit zurückgelegtem Kopf in einem hochlehnigen Stuhl und schnarchte laut.

Leise gingen wir zur rückwärtigen Tür und Antonio zog einen Sicherheitsschlüssel aus der Tasche.

»Da staunst du, was? Dachtest du, spanische Psychiatrien stehen nachts sperrangelweit offen?«

Nur wenige Fahrzeuge waren auf dem weiten Parkplatz zu sehen.

»Da hinten.«

Wir eilten über den Platz auf einen Wagen zu.

»Steigt ein, die Türen sind offen.«

Ich schob Liz auf die hintere Sitzbank und wollte vorne einsteigen.

»Nein, du auch hinten. Legt euch sofort flach auf die Bank. Da liegt eine Decke, deckt euch damit zu, so, dass ihr nicht zu sehen seid. Die Ausfahrt ist hell beleuchtet und da läuft auch eine Video-Kamera.«

Er startete den Motor und fuhr los, wir legten uns flach auf die Bank, und ich zog die Decke über uns.

Nach 10 Minuten Fahrt sagte er: »Ihr könnt euch jetzt aufsetzen.«

»Warum?«, sagte ich. »Es war schön unter der Decke.«

Kapitel 14 - Marseille

Wir waren etwas zu früh auf dem *Place de la Prefecture*. Das Wetter war sehr schön, sonnig, nur wenige Schleierwolken standen am Himmel. Wir setzten uns auf eine steinerne Bank neben einen der Springbrunnen und sahen den Möwen zu, die hoch über uns die Becken umkreisten.

Liz sah bezaubernd aus. Ich hatte sie zu einem kniekurzen weißen Kleid überreden können, was in einem großartigen Kontrast zu ihrer dunklen Haut stand. Sie hatte sich etwas in Rosa oder Rot gewünscht, weil sie das Kleid auch später noch tragen wollte. Ich hatte ihr erklärt, dass man Hochzeitskleider immer nur einmal trägt. Eine Nachbarin hatte ihr kleine weiße Blumen ins Haar geflochten und in den Händen trug sie einen Brautstrauß von den gleichen Blumen. Nervös umklammerte sie den Strauß so fest, dass die Knöchel ihre Hand rosa hervortraten. Ich legte einen Arm um sie und sie sah mich mit etwas umflortem Blick an.

»Bist du nervös?«, fragte ich.

»Du hast das schon öfter gemacht, ich heirate zum ersten Mal.«

Ein Stich durchfuhr mich, ich dachte an Irina. Mit ihr hatte alles angefangen.

»Du hast feuchte Augen«, sagte ich.

»Vor Aufregung. Meine Mutter hätte hier sein sollen. Werden wir bald nach Dakar reisen?«

»Ganz bestimmt werden wir das.«

Ich hatte vom Verlag Geld bekommen, das erzählte ich

ihr aber nicht. Die Reise in den Senegal würden wir uns bald erlauben können. Das sollte eine Überraschung werden, unsere Hochzeitsreise.

»Komm, lass uns gehen, sonst versäumen wir noch unsere Hochzeit«, sagte ich.

Im Eingang der Präfektur waren die Namen der heutigen Hochzeitspaare angeschlagen.

»Zimmer 1, erster Stock«, rief der Portiere herüber und wir gingen die breite, mit dickem Teppich belegte Treppe hinauf. Drei Paare warteten bereits und in dieser Reihenfolge wurden wir auch aufgerufen.

Das Dienstzimmer des Präfekten war ausgestattet, wie man es von einer Weltmacht, heute einer etwas kleineren, erwarten durfte. Neben dem riesigen Schreibtisch des Präfekten stand in einem Messingkrug die Trikolore und die Fahne der Region. An der Wand hing ein Bild des Staatspräsidenten.

Liz hatte sich bei mir eingehängt, eine Geste, die ihr inzwischen sehr vertraut war. Der Präfekt erwartete uns stehend neben seinem Schreibtisch. Er trat zu Liz und küsste ihr die Hand. Sie erstarrte, das war ihr noch nie passiert. Dann wandte er sich mir zu, reichte mir feierlich die Hand. Er trug einen dunkelgrauen Anzug mit einer breiten Schärpe in den Farben der Republik über der Schulter. Es ging sehr schnell. Er verlas die Trauformel, fragte *Madame* und *Monsieur, ob sie einander heiraten wollten*, wir sagten *oui,* und dann erklärte er uns im Namen der *Cinquième République Française* für Mann und Frau. Wir unterschrieben die Heiratsurkunde, Liz durfte sich setzen, ich unterschrieb im Stehen.

Wir hatten keine große Hochzeitsfeier geplant, in letzter Zeit scheuten wir beide das Licht der Öffentlichkeit. An der Promenade des Jacht-Hafens erwarteten uns Freunde aus der Nachbarschaft. Wir gingen in ein Bistro und der Ober war so freundlich und schob ein paar Tische zusammen. Wir tranken Kaffee und Rotwein, ich trank ausnahmsweise auch ein Glas, und wir aßen eine Kleinigkeit.

Das Leben ist schön.

Wer ist Eddy Zack?

Eddy Zack, alias Detlev Crusius, war so ziemlich alles im Leben. Seemann, Globetrotter, Waffenhändler, als unmittelbare Folge auch Häftling. Die Schattenwelt der Geheimdienste kennt er aus eigenem Erleben. Afrika hat er im Jeep, auf dem Kamel und zu Fuß durchstreift, die Küsten ist er als Matrose entlang gefahren. In Mittelamerika ist er einige Zeit hängen geblieben.

Er sagt - Bordelle und Gefängnisse sind die Universitäten des Lebens. Ich habe dort mehrere akademische Grade erworben. Für Teenager und Menschen mit schwachen Nerven sind seine Bücher nicht geeignet. Er beschreibt das Leben aus der Perspektive der Gosse, ohne Schnörkel und Beschönigungen. Wenn Sie seine Bücher gelesen haben, wissen Sie, wie das Leben jenseits geregelter Arbeitszeiten und Armani-Anzüge aussieht.

Eddy Zack ist mit einer Russin verheiratet und lebt in Valencia, Spanien.

Veröffentlichungen

Mit Ausnahme *Meine russischen Tagebücher* sind alle Titel als eBook und als Taschenbuch erhältlich.

Homepage von Detlev Crusius
http://detlev-crusius.com
Unter dem Pseudonym Eddy Zack ist erschienen
- Nacht über Valencia
- schwarz-rot-tot
- Am Abgrund
- Inferno Damaskus
- Schatten über Nicaragua
- Geliebte Mörderin
- HurenEhre
- Giftgas für Libyen
- Tödliche Intrige
- Zeiten ändern Dich
- EBOLA
- Doppelspiel

unter dem Namen Detlev Crusius ist erschienen
- Der Plan (Teil 1- 4 und Gesamtausgabe)
- Kasino Rossija (Teil 1- 5 und Gesamtausgabe)
- Das Attentat
- Mein russisches Tagebuch I und II
- Grenzgänger

Inhalt

21265158R00106

Printed in Poland
by Amazon Fulfillment
Poland Sp. z o.o., Wrocław